JN100584

お砂糖ひとさじで

松田青子

PHP

お砂糖ひとさじで

小さな頃、メアリー・ポピンズが大好きだった（正直今でも同じ強度で好きだ）。イギリスの児童書に出てくるメアリー・ポピンズはナニー（乳母兼家庭教師）としてバンクス家で働くことになるのだけど、登場する時は傘をさして空から降りてくるし、彼女といると不思議なことが次々と起こるので、子どもたちは大喜び。魔法が使えるのはもちろんだけど、私はメアリー・ポピンズがだいたいいつも無愛想で、愛想笑いとか絶対しないところが大好きだった。P・L・トラヴァースによる原作シリーズも愛読していたし、ジュリー・アンドリュース主演のミュージカル映画も何度も見た。

このミュージカル映画の中に、「お砂糖ひとさじで（A Spoonful of Sugar）」というタイトルの歌が出てくる。

「どんな仕事にも楽しみを見つけられる」ではじまるこの歌は、小さな工夫で日常がどれだけ楽しくなるかを歌っている。「お砂糖ひとさじで薬が飲みやすくなる」と繰り返されるフレーズは、成長しても心の片隅で常に光っていて、何か苦手なことに取り組まないといけない時、つらい出来事があった時、まるで魔法の呪文のように、私の気持ちを軽くしてくれた。

(もう一曲、私に同じ魔法をかけてくれるのが、同じくジュリー・アンドリュース主演の映画『サウンド・オブ・ミュージック』で歌われる「私のお気に入り(My Favorite Things)」だ。この歌は、どんな時でも、自分の好きなもののことを考えれば気分がよくなると、好きなものをどんどん羅列していく)

「お砂糖ひとさじで」の歌のように、私にとって、日々の中で、楽しかったり、喜びだったりした小さな出来事を集めたエッセイ集がこの本です。読んでくださるみなさんの毎日にも、「お砂糖ひとさじで」の魔法がたくさんありますように。

お砂糖ひとさじで　目次

装画　大津萌乃
装丁・本文デザイン　名久井直子

服を買わなくても平気だった

一年間、ほとんど服を買わなかった。

それまでの私は、だいたいいつも同じ体重だったのだけど、妊娠出産を経たことで、通常時より五、六キロ増えた状態が、新しい「通常」になっていた（これを書いている今も、まだ以前の「通常」には戻っていない）。年齢的に体型が変わる時期ともいうし、これからはもうこのままなのか、それともしばらくしたら元に戻るのだろうか、という先の読めなさに、今、服を買ってもな、といまいち購買意欲が湧かなかったことも大きな理由だ。

同時に、その頃、環境問題に関する記事を読んでいたら、海外の若い女性の間で広がっている「新しい服を買わない」アクションがあることを知った。実際にそのアクションを心がけている人たちの感想などもＳＮＳで読んだりして、これはちょっとやってみたいかもと思った。

趣旨としては、服を買い続け、捨て続けるのは環境に悪いので、新しい服は買わずに、すでに持っている服でなんとかしたり、古着を買うようにしたり、新しい服を買っても長い間大切に着るようにする。そして、ファストファッションは、労働搾取や環境汚染など、問題が多いので、買わないようにしよう、と提案するものだった。SNSでは、かわいいイラストとともにやり方を紹介しているアカウントもあって、楽しみながら取り組めそうだった。

早速このアクションをやってみることにしたのだが、実際にはじめてみると、ものすごく簡単だったので、驚いた。結局、私が去年買ったのは、抱っこ紐で子どもの人を抱いたままボタンが留められる大きなジャンパーと、猫のガーフィールドのイラストのTシャツだけだ。このTシャツはファストファッションのお店で買ったのだけど、ガーフィールドの柄の服が発売されること自体がなかなかめずらしいことだったので、迷わず買った。ガーフィールドは、何十年間もアメリカの新聞で漫画連載されている、すごく不遜な猫のキャラクターで大好きなのだ。

そして、再確認した事実は、私はもう十分服を持っているということだった。カットソーもTシャツも、洗濯しなくても二週間は余裕で暮らせるぐらいあるし、ズボンはノースフェイスのスウェットパンツばかりはいていた。メンズのMサイズのこのスウェットパンツは妊娠前、妊娠中、出産後と、十キロ以上の体重の増減もどんとこいと受け入れてくれた、懐の深いパンツである。

感覚としては、意気込んでトライしているわけでも、無理をしているわけでもなく、やってみたら余裕だった、というぐらいのことだったので、一年経った今もそのまま続けている。

私はもしかしたら、服は買うものだという呪いにかかっていたのかもしれないな、と最近ちょっと思う。十代の頃から女性誌を読んでいたけれど、その中ではいつも服は、買うものだった。もちろん値段が高いものは買えないのだけど、働くようになれば、いつか買えるようになるのだと憧れていた。今年の春はこの服を買いました、とモデルやスタイリストが、自分が買った服を紹介するコーナーもよく見たし、「今シーズンはこのコートがマストバイ」といった言葉が常に躍っていた。「今年の春は」「今シーズンは」と書かれているということは、服は毎年、毎シーズン新調するものなのだ、といつの間にかすり込まれていた。もちろん、金持ちでも何でもないので、実際に大人になっても好きなだけ服を買ったことはないし、ハイブランドの服やバッグはまったく持っていない。でも、その呪いだけは私の中に残っていた。

たとえば、コートを買わなかった年は、今年はコートを新調しなかったな、来年はしないとな、と考えていたりしたけど、毎年コートを買う必要はまったくない。

今思うと、同じ服でもよかったのに、の一言なのだが、仕事柄インタビューが雑誌に載ったりイベントに出たりする際に、服がかぶらないようにしようとしていた時もある。そのために、ファッションブランドが多数出店している大きなネットショップに登録していて、締め切り中で買い物に行けない時もさくっと服が買えるので便利だとよく利用していた。仕事の空き時間に気分転換でそのサイトを開いては、好きな服のブランドをふらふらと巡回し、セールになったりもしているので、軽い気持ちで買っていた。そのサイトはある時退会したのだけど、これも今思えば、惰性で服や靴を買っていた気がする。

「こんまり」こと近藤麻理恵さんが、アメリカの家庭を訪れて、「片づけ」を指南する番組がNetflixで流行った時も、彼女にならって友人は「片づけ」に成功していたけれど、私は全然捨てられなかった。こんまりはときめきを感じるものは残せと言う。でも、私は柄の服が好きで、もともと自分のときめきを優先して服を買うことが多かったので、あまり着ない服でも、ときめきで考えると、めちゃくちゃときめくのである。なので、これからの私は、ときめきだけが残った服の数々を、大事に着ていくことになりそうだ。

あと、チェックのシャツも異様に好きで、ある頃、スティーブンアランというブランドのシャツの新作が出るたびに買っていたので、まったく同じデザインの、色とチェックの具合だけが違うシャツが十枚近くもある。このシャツ群をとにかく着倒したい。もちろん今後、欲しいとピンときた服があれば躊躇せずに買うだろうけれど、服をなんとなく買うことはもうないような気がする。

靴も、だいぶ以前はヒールの靴を買うこともあったけど、ここ数年はフラットシューズしか履いていない。特別な場も、メンズのドレスシューズで行く。普段はもっぱらスニーカー、特にスリッポンタイプが楽。靴紐を結ぶ手間もないし、靴紐がほどけることもない。ものぐさと紙一重かもしれないけれど、自分にとって、ストレス軽減を優先していたらこうなったので、私自身は文句ない。自分にとって快適なのが何より大事だ。

格好いいマスクがあれば

みなさんそうだと思うが、コロナ禍がはじまったこの数ヶ月、外出時はマスクをつけていた。

私はもともと、マスクをつける習慣がなかった。超がつくほどの敏感肌なため、マスクをつけると肌が荒れる。マスクをつけなくても、化粧品にエタノールや様々な強い成分が入っているだけで、顔が赤くなったり、湿疹ができるくらいだ。私はこの数十年間、エタノールフリーの製品に目を光らせて生きてきた。十代、二十代の頃は、エタノールフリーの商品があまりなくて、非常に苦労したけれど、次第に敏感肌用や自然派化粧品などが台頭するようになり、今ではよりどりみどりとまではいかないものの、「選ぶ」ということができるようになった。いにしえの時代は、「選ぶ」なんてことはできなかった。あるものを、ありがたく使わせていただくことしか私には選択肢がなかった。

現在では、キュレルなど、値段も手頃でドラッグストアですぐに買うことのできる、これさえあれば（私が）末代まで安泰のエタノールフリー基礎化粧品がいくつもある。さらに限りなく肌への負担を減らすために、普段は石鹼で落ちる化粧品を使うようにもしている。最近は、敏感肌用化粧品でも、パッケージが素敵だったり、シンプルなものが多くて、うれしい（昔のエタノールフリー化粧品は、壊滅的にデザインがダサかった）。

このような人生なので、顔に化学繊維を密着させて長時間を過ごすなんて、はじめから危険とわかっている任務に、涙をのんで部下を送り出す上司のようなものだ。そして、その部下も私である。いいことが一つもない。麻や綿のマスクをつければいいやないかと思われる方もいるかもしれないが、敏感肌の敵は「摩擦」なので、なんにしろ、肌に何かが密着している状態はできることなら避けたい。どれくらい私が「摩擦」に気をつけているかというと、寝る時にも絶対に枕に顔をつけないぐらいだ。マフラーやスカーフもほとんどしない。

なので、コロナ禍以前の私は、ほとんどマスクをしていなかった。あまり風邪をひかない体質だったこともあり、必要性を感じることがなかった。若者の間で、顔が隠れる、などの理由でマスクをつけているほうが精神的に落ち着く人が増えているというニュースを見た時も、気持ちはよくわかったけれど、私には無理だなと思ったりしていた。

妊娠中でさえあまりマスクをせず、マタニティクラスで妊婦とそのパートナーたちが一堂に会した際も、妊婦は全員マスクをしているのに、私とパートナーたちだけマスクをしておらず、慌ててマスクをしたこともあった。浮きたくないという一心で。そして、自分もしていなかったくせに、当事者である女性側だけが身を守るよう気をつけることになっているのはおかしくないかと考えていた。それぐらいくっきり二つに分かれていたのだ。

だが、コロナ禍でそうは言っていられない状況になり、さすがの私もマスク生活に突入した。案の定、摩擦摩擦摩擦で、じわじわとつらい。この先ずっと、マスク着用が「ルール」や「マナー」になってしまったらどうしようと怯えた。肌の弱い人や感覚過敏の人には切実な事態だ。

しかも、しばらくの間は、マスクが売り切れ、種類を選べないのも困った。誰かが何かのタイミングで買ったらしい、肌にやさしいのが売りの市販のマスクがなぜか家に数枚あり、それだとそこまで肌に影響がないことがわかったのだが、もちろん買い足すこともできなかった。普段からマスクを使っていた人たちは、家にストックが結構あり、探してみたら、スーツケースやバッグの中からマスクがぞろぞろ出てきた、などとSNSに書き込んでいて、みんなマスクちゃんとしていたんだなあと遠い目になった。

布マスクも物によってはチクチクして、つけていられない。例の政府から配布された「布マスク二枚」もある日ポストに放り込まれたが、全方向的に禍々《まがまが》しすぎて使うわけがない。それに、その後、ネットで学んだところでは、ウイルス対策としては、不織布のマスクじゃないと効果がないようである。結局、私は不織布のマスクをつけて、中にガーゼのハンカチをかませる、という案に落ち着いた。分厚くて不格好だけど、みんなそれどころじゃないので、特に変な顔はされない。

この混乱の時期に、HBO製作の『ウォッチメン』を見たのだが、この世界では、危険人物たちに狙われないよう、警官たちはみな、思い思いのマスクで顔を覆っている。特に、白人至上主義者たちと戦う主人公の黒人女性、シスター・ナイトが、尼僧のようなローブを身にまとい、黒いレースのようなマスクで目元以外を隠しているのがめちゃくちゃ格好よくて、もう私も毎日この格好で外に出たいと切望した。あと、ネットで見た「Fuck You」と中指を立てた女性の指が描かれた手づくりのマスクが本気で欲しくなった。

今、このエッセイをカフェで書いている。緊急事態宣言が解除されて数日経ち、外ではみんなマスクをしているが、店の中でマスクをしている人はほとんどいない。マスクも市場に戻ってきている。これからもマスクの日々は続くだろうし、いざという時にただストレスに感じないように、「Fuck You」のマスクのように遊び心のある、逆に進んでつけたくなるようなマスクを集めてみるのもいいかもなと思っている。メッセージTシャツならぬメッセージマスクがいろいろあるのもいいかもしれない。

フェムテックよ、ありがとう

最近、ものすごく久しぶりに、生理用の下着を新調した。それまでは、もう何年も同じ下着を使っていて、思い入れも何もない惰性の日々だった。コロナ禍で自粛の日々が続き、元々インドア派だとはいえ、私なりに外出する楽しみもなくなったので、なんとなくできるところで、新しいことにチャレンジしたくなったのだ。

今回買ったのは、韓国のヘルスケアブランド「ＥＶＥ」がつくったオーガニックの生理用パンツである。経血量が少ない日などはこれ一枚でも大丈夫だし、量が多い日はナプキンやタンポンを併用することもできる、画期的な商品だ。

私がこの商品を見つけたのは、女性（Female）とテクノロジー（Technology）を合体させた造語「フェムテック」のアイテムをセレクトして、販売しているお店のネットショップだった。「フェムテック」とは、女性の体にまつわる様々な症状を改善し、女性が生きやすくなるためのテクノロジー、という意味合いらしい。実際にこの下着を使ってみて、めちゃくちゃ生理が楽だったと感動している人の感想をＳＮＳで目にして、ぜひ使ってみたくなった。白と黒の二色から黒を選び、三枚注文してみた。すぐに届いた商品は、なんだか親しみの湧いてくる紙の箱に入っていて、ブランドカードも好きな雰囲気だった。

早速、次の生理の際にトライしてみたのだが、私は驚愕《きようがく》した。実力をとことん見せつけてもらいたかったので、いきなり生理の二日目に使用してみたのだが、昼から夜までそのパンツをはいていて（衛生的にはこまめに取り替えたほうがいいことはわかっているのだが、つい……）、一切漏れることがなかったのだ。

嘘だろ、とトイレに行くたびに、私は呆気《あっけ》に取られた。仕方ないことだととっくに諦めていたけれど、こうなってみると、日常生活を送りながら、漏れないか常に心の片隅で気にしていることが、自分にとってはずっとストレスだったんだなと気づかされた。この負のサイクルから抜け出せるなんて、思いもしなかった。

その後、同じような機能を備えた下着が、他のブランドでも発売されていることを知り、カラフルな色合いのものもつくられていたので、少しずつ買い足していきたいと思っている。

今回、この下着の存在を知ったことで、もしかしたら、生理は不便で不快なものである、ただ耐えるしかないのだ、やり過ごすしかないのだ、とこれまでの人生ですり込まれてきた固定観念が、変わりつつあるのかもしれないことにようやく思い至った。だとしたら、本当に革命的だ。

せっかくなので、新商品をいろいろ試してみることにした。それまではなんとなく存在は知っていても、まあ、今のままでも問題ないし、お金も余分にかかるわけだし、などと流して、それらの商品としっかりと向き合っていなかったのだ。

まずは、みなさんおなじみの「ソフィ」による「超熟睡ショーツ」。これは下着とナプキンが一体化している商品で、ぱっと見、最も近い言葉は「おむつ」である。はじめは紙の下着なんてごわごわするに決まっているだろうとザ・敏感肌の私は心配したのだが、脚を通してみると、嘘のように一体感があり、まったく気にならない。

（これまで子どもの人におむつをはかせてやりながら、きっとはき心地が悪いに違いない、かわいそうに、などと思っていたのだが、案外そうでもないのかもしれない、という知見も得られた）

抜群の吸収力を誇り、夜も熟睡できますと宣伝されている商品なのだが、一夜をともに過ごしてみた感想としては、看板に偽りなし！と太鼓判を押したくなる頼もしさだった。

「超熟睡」とは書かれているが、これは起きている時、つまり昼間もいけるんじゃないか、と思い、外出しない日に使ってみたのだが、快適だった。脱いだら捨てればいいだけなので、洗濯の手間がなくなる。常備したい。そのうち外にもはいていきそうな予感がしている。

もう一つは、こちらも同じく「ソフィ」の「シンクロフィット」だ。「多い日の昼」に、ナプキンと合わせてこれをつけるとさらに安心とのことで、ネットでもこのアイテムに感謝している人がたくさんいた。迷わずトライしてみる。

個包装を外すと、シーツをかぶったおばけの指人形みたいな形状のものが入っている。とてもシンプルな構造で、こんなもので「多い日の昼」をサポートできるのだろうかと一瞬疑念が湧く。

うまくつけられるかなと不安だったが、なんだ、こんなもんか、と肩透かしをくらうくらい簡単につけることができた。タンポンを一度でもつけたことのある人間なら楽勝だと感じるだろう。そして、効果も十分。こまめに取り替えることができるなら、ナプキン本体はきれいなまま一日過ごすことさえできそうだし、すごいアイデアだと感嘆した。ナプキンと比べたらサイズも抜群にコンパクトだし、水に流せるところも最高。

前述の「ＥＶＥ」の生理用パンツは、数ヶ月間使用していると、「多い日の昼」にちょっと漏れてしまったことがあったのだが、ここに「シンクロフィット」を足せば、問題はすぐに解決しそうだ。こうなると、ナプキン自体が必要ないことになる。生理用ナプキンと歩んだ、歩まざるを得なかった何十年間を考えると、びっくりする。こんな日が来るんだな、すごいな、と何度だって感動できてしまう。フェムテックよ、ありがとう。

お茶の時間を取り戻す

七月のはじめに、アフタヌーンティーに行った。

目黒にある、登録有形文化財である古い洋館で営まれているお店だ。なかなか予約が取れないお店で、コロナ禍がはじまり、自粛生活に突入してすぐの頃、友人たちともし七月に状況が変わっていたら一緒に行こうと、先の見えないなか、具体的な予定というより、どちらかといえば祈りのような気持ちで予約をしていたのだ。

その時は数ヶ月先のことなんて、まったく想像ができなかったけれど、「緊急事態宣言」も五月末に解除になり、七月はちゃんとやってきて、お店も営業を再開していたので、私を含めて三人は各々マスクをして集まった。友人とお茶をすること自体が数ヶ月ぶりで、なんだか不思議な感じがした。

しかも、そのアフタヌーンティーは特別だった。

案内された小さな部屋は、薄くピンクに塗られた壁に、各テーブルに飾られたピンクのバラ。アフタヌーンティーといえばお約束のスタンドには、スコーンやキューカンバーサンドイッチ、ケーキやプディングがぎっちりと盛られていた。お茶の種類も十種類以上あり、イギリス愛溢れる店主は、どれも絶品なのでできるだけたくさん飲んでほしいと、あながち冗談でもなさそうな声色で我々に告げた。

なので、我々は制限時間いっぱい、お茶を飲み、食べ、しゃべった。

数ヶ月分の話が溜まっていたうえ、紅茶とお菓子に一つ一つ舌鼓を打っていたので、かなり忙《せわ》しなかった。私はミントミルクティーを一口飲んだ後、予想外のおいしさにむせそうになった。ミントティーにミルクがこんなに合うとは驚きだった。

これまでそんなに何度もアフタヌーンティーを経験したことがあるわけではないのだけど、過去に行ったことのあるお店は、いまどきだったり、お菓子が甘すぎたりした。それはそれで楽しんだのだけど、今回のお店のアフタヌーンティーはイギリスの伝統をしっかりと汲んでいて、甘すぎず、派手すぎず、余計に感じるところがなく、素直に感動してしまった。さすがにすべてのお茶を試す時間もお腹の余裕もなく、また来たいと心から思いながら、お開きになった。

小雨が降るなか、一人が家族のお迎えの車で帰った後、残った二人で帰り道にあった目黒寄生虫館に寄った。前から一度行ってみたいと思っていたのだ。二人とも持っていた傘が、日傘にもなる銀色のモンベルの傘だったので、取り違えないように気をつけようと言い合った。

小さな建物には若い男女の先客がいて、熱心に展示を見た後に、二階にあるショップで買い物をしており、なぜ今、と不思議な気持ちに一瞬なったが、アフタヌーンティーの後に寄生虫館にいる我々も、なぜ今、だった。

話が終わらず、目黒駅の構内でしばらく話していると、少し離れたところを通り過ぎていく女性と目が合い、あれっ、とお互いきょとんとしてから、さっきのアフタヌーンティーで同じ部屋にいた人だと気づいて、会釈し合ったのが面白かった。マスクをしていても、相手が笑顔なのはわかった。

帰り道、他の何でもそうかもしれないけれど、以前なら何気なくしていたお茶の時間が、意思を持って、しっかりと自分たちで自衛しながら行わないと、取り戻せないものになっていることに気がついた。

二度目の「お茶の時間を取り戻す」は、それから一週間後、アフタヌーンティーの時とは違う友人と約束していた。学芸大学にある、前から好きで折を見ては通っていた洋菓子店で待ち合わせをした。

私が先に店に着くと、店は短縮営業になっていて、テーブルと椅子の配置も変わっていた。向かい合わせが駄目だからと、二人席は狭いテーブルの隣同士に至近距離で椅子が置かれていて、これでは横を向いて話すと、向かい合わせよりも近くなってしまうなと奇妙に感じた。横を向かずに、真ん前を向いて、黙って食べる設定だとわかりつつも。

友人が現れたので、近況報告をした。隣同士に座り、季節限定のモカソフトがあったので、二人ともそれを頼み、隣同士の席がなんだか落ち着かなかったのと、クーラーが寒くなってきたので、店を出ると、しばらく歩きながらお店を探した。この日も小雨が降っていて、彼女もモンベルの銀色の傘だったので、再びおそろいになった。

公園を越えたところで、テラス席のあるカフェが見つかったので、温かい飲み物を頼んで、外で話した。この日、好きな漫画家さんの新刊の発売日だったので、待ち合わせ前に書店で買おうとしたけど置いてなかったという話をしたら、友人も同じ漫画を楽しみにしていて、ネットで注文していると言っていた。

三度目の「お茶の時間を取り戻す」は、七月の終わり、前回と同じ友人と川辺で会った。

川の近くにチェーンのコーヒー店があり、その店でそれぞれ飲み物を買って、川辺の階段に座って飲んだ。周囲には同じようなことをしている人たちが結構いて、新たなお茶の仕方を、みんな模索しているんだなと察した。アイスティーをすすりながら、前回話した漫画家さんの新刊がいかに面白かったか、感想を言い合ったりしているると、まるで中学生や高校生の頃に戻ったみたいで、こういうお茶の時間も悪くないなと思った。この日も時々小雨が降っていた。

カフェインフリー求む

前回、アフタヌーンティーに行ったと書いたけれど、実はカフェインが苦手だ。というか、苦手になった。

私はもともとアルコールに弱く、飲むとすぐに顔が真っ赤になってしまう。「真っ赤」という表現でみなさんが想像する範囲を越えた、真っ赤。ちょっと紫がかったりもする。なので、集まりなどでお酒を飲むと、自分では見えないけど、今頃真っ赤なんだろうなと諦めの境地になる。式典などに出席した際、配られたウェルカムドリンクにみな気軽に口をつけているが、私はそんなはじめからアルコールを摂取してしまうと、その後真っ赤な人として式に参加することになってしまう。

こういう体質もあって、紅茶が長らく私の嗜好品だった。コーヒーは苦くて飲めない。カフェオレなら飲める。数年前、イギリスに一ヶ月間滞在した時は、毎日のようにがぶがぶとミルクティーを飲み、私は幸せだった。

だけど、妊娠中、そして授乳中とカフェインを控えているうちに、私の体に変化が起こった。今度はカフェインが飲めなくなってしまったのである。おまえは何も嗜好するな、と体に言われているようである。

もちろん、紅茶を飲んでいる間は普通においしい。けれど、しばらくすると、急に寒気がしたり、指先がぶるぶると震えたり、吐き気がしたりする。はじめは原因がわからなかったのだけど、ある時、あ、これ、カフェインのせいかも！と気づいて、がーんとなった。

カフェインには、なぜか私にとって大丈夫なカフェインと大丈夫じゃないカフェインがあり、店によっては大丈夫だったりもするので、何しろ元々紅茶が好きなこともあって、私もついつい博打《ばくち》気分になり、お店に行くたびに紅茶を注文してしまい、無駄に気持ち悪くなる日々を過ごしてきた。

もう注文すんな、とそのたびに自分を戒めるのだけど、アルコールと一緒で、カフェインも一定の時間が過ぎれば抜けるし、吐き気がする場合は吐けばいいというのもあって、ついつい気持ちが緩んでしまうのだ。でも、仕事をするためにカフェに行くことが多いので、途中で気持ち悪くなっていては、仕事もできない。そろそろ本当にカフェインにさよならしないといけないと、気持ちを引き締めているところだ。

そんな中行った前回のアフタヌーンティー。私がカフェインが駄目なことを知っている友人が、そもそも行って大丈夫なのかと心配してくれたり、お店にはノンカフェインのドリンクもあるみたいだよと教えてくれたりしたのだが、私はこの日はカフェインを摂取する気満々だった。本場のアフタヌーンティーのお店に行って、紅茶を飲まないなんて私には耐えられなかった。あと、もしかしたら大丈夫なカフェインかもしれない、という期待もあった。

当日、何杯も紅茶を飲んだ。前回書いた通り、びっくりするくらいおいしくて、結果的には、帰ってからやっぱりちょっと気持ち悪くなってしまったのだけど、私は少しも後悔しなかった。

妊娠中、痛感したのは、カフェインフリーの飲み物が用意されているお店がまだまだ少ないことだった。

たとえば、近所の個人経営のカフェは、コーヒーに力を入れていることもあって、「デカフェってありますか」と聞いてみたら、「うちはそういうのはちょっと……」と店員さんが語尾をにごらせた。

カフェインフリーのコーヒーや紅茶、ハーブティーがお店にない場合は、ジュースや炭酸、もしくはミルクしか選択肢がない。でも、ジュースや炭酸ばかり飲むのもしんどいし、妊婦は体重制限をしなければならないので困ったりもする。それに、ジュースや炭酸では、カフェにいる甲斐がない気もしてしまう。

ある時、リサイクルや体にいい食べ物などに力を入れていることで知られているお店のカフェで、カフェオレやミルクティーがメニューにあったので、「ミルクだけってできますか」と訊ねたところ、「無理です」と返され、そりゃメニューにないもんなと思う一方、現象としてだけ考えると、不思議な気もした。ミルクティーはできるけど、ミルクはできない、ビールとジンジャーエールはメニューにあるけど、シャンディーガフはできない、みたいな。

カフェインフリーの飲み物はありますかと聞いても、店員さんが答えられないことも多く、あまり重視されていないことがよくわかった。

そうなると、飲食店で誰もが自分の好みを細かく注文するのが日常であるアメリカ発祥のスターバックスは、妊娠中、天国だった。注文カウンターで「カフェインフリーの飲み物はどれですか」と聞いた瞬間、万事心得たとばかりに店員さんが「はい、これとこれとこれとこれと……」とはきはきとリストアップしてくれる。普段飲み物で切ない思いばかりしていたので、あまりの選択肢の多さに感激したし、うっとりした。その頃の私のお気に入りは、キャラメルスチーマーという、ホットミルクに生クリームとキャラメルをのせた飲み物で、大変お世話になった。

出産後、「うちはそういうのはちょっと……」と言っていた個人経営のカフェでもデカフェが導入され、私もカフェラテなどを楽しめるようになった。妊娠中、たまに仕事をしに行っていたが、飲めるものがジュースや炭酸、ホットミルクしかなかった近所のファミレスではドリンクバーができ、ルイボスティーやローズヒップティーなどが常備され、私の妊娠中からこうだったらと歯がみしたくもなるのだが、とても助かっている。もっとカフェインフリーの選択肢が世に溢れてくれたらうれしい。

私、参加してる！

産後、突如としてＢＴＳにはまり、持て余した情熱と彼らへの理解をより深めたい一心で、Ｋ-ＰＯＰのダンス教室に通いはじめた。

電車で数十分の街に、「ＢＴＳ超初級」などのコースがある、ダンス教室を発見。しかも誰でも参加可だったので、勢いで予約をとってみたのだ。行ってみると、そのクラスは、ＢＴＳの曲のサビの部分の振りつけを教えてくれる、ファンにはたまらない一時間半だった。

ただ私は果てしない運動不足だったため、他の参加者が楽々と踊っているなかですぐに息が切れ、顔もほてって一人だけ湯上がり状態。振りつけも全然うまく踊れず、これをあんなにかっこよく踊れるなんて、ＢＴＳはすごい、と、踊ってみる前からわかっていたことを、身をもって理解する時間になった。

それでも超ひさしぶりの習い事というのもあって、楽しく通っていたのだけど、そこでコロナ禍がはじまり、ダンス教室も休校になった。仕方がないので、ＹｏｕＴｕ beでストレッチやダンスレッスンの動画を探してみた。あまりにもたくさん動画があるので驚きつつも、む、これはいいぞと思うものを発掘していった。

とりあえずBTSからできるだけ離れたくなかったので、まずは「BTS workout」で検索してみた。すると、BTSやBLACKPINKなどのグループのヒット曲を使ったワークアウトをアップしてくれているチャンネルや、BTSの振りつけをエクササイズに落とし込んだチャンネルなどがいろいろ見つかったのだけど、やってみるとこれもなかなか難しかった。ただ、なにしろBGMが自分の好きな曲なのでやってる感が出て、私、参加してる！という気持ちになるのがよかった。

この頃ちょうど、イギリスの出版社から、私の短編集『おばちゃんたちのいるところ Where The Wild Ladies Are』の英語版が刊行になった。

今は海外の出版契約のことなどおそろしすぎるので、エージェントさんにお任せしているが、当時の私はそのおそろしさを理解しておらず、直接やりとりをしていた。英語版の翻訳者であるポリー・バートンさんや出版社の人たちとよく合同でメールを送り合っていたのだけど、海外に住む彼女たちもロックダウン中だったので、今家でやっているワークアウトの話に自然になり、セレーナ・ゴメスの振付家のワークアウトをおすすめしてもらった。

私は前述のK-POPのワークアウトのリンクを送ってみたところ、これはいいと喜ばれ、英語版の「おばちゃんたち」の関係者がK-POPのワークアウトに勤《いそ》しむことになった。その後、世界中で大ヒットしているBTSの新曲「Dynamite」のパフォーマンスを見て、青子はまだK-POPのワークアウトをしているかなと思い出したと出版社の人からのメールに書いてあったことも。

K-POPのワークアウトだけじゃなく、ロックダウン中のあの頃は、マシュー・ボーン率いる大好きなバレエカンパニー「ニュー・アドヴェンチャーズ」のダンサーさんたちが、ライブのダンスレッスンをインスタグラム上でしてくれたりと、何かと豪華でありがたかった。見るだけでも楽しかった。

全員マスク着用、鬼のように換気、などの対策をした上でダンス教室も再開したので、時々また通うようになった。「Dynamite」のクラスは大人気で、みんなであのサビの振りつけを踊っている間の楽しさが半端なかった。

そのうち、私は女性アイドルの曲のクラスにはまり、BLACKPINK「kill This Love」、MAMAMOO「Dingga」、IZONE「Panorama」などの、サビの振りつけを教えてもらって、深い充実感を味わった。相変わらずまったく上手には踊れないのだけど、たとえば「kill This Love」だと、バズーカをぶっ放す振りなど、ここだけはきめるんだ！　という場所を一曲につき一カ所だけでもつくっておくようにしていた。

今は通えていないのだけど、また習いごとを何かしたい。

秘密の森に分け入って

長らく続編を楽しみにしていた韓国ドラマ『秘密の森』のシーズン2の配信がはじまったので、早速数日をかけて一気に見てしまった。通常の締め切りに加え、日本と欧米で自分の本の刊行が続いてなにかとバタバタしていたので、できるだけ連続ドラマは見ないようにしていたのだけど、夏は夏バテなのか常に疲労感があり、秋は秋で低気圧の影響か体調不良が続き、もう疲れたし好きなものを好きなだけ見たり読んだりしようよ、今年のあんたはがんばったよ、と自分へのねぎらいモードにさっさと入ることにした。

もともとセルフラブな人間だったのに、BTSにはまっていることもあり、さらにセルフラブの気持ちを高めている。BTSの楽曲がすごいのは、もともと自己肯定感が強いと自認している友人たちに聴かせてみても、え、私、実はこんなに疲れてた⁉と、感涙させてしまったりするところである。試しに日本語訳を見ながら、「21st Century Girl」「Answer:Love Myself」「A Supplementary Story:You Never Walk Alone」

などを聴いてみてほしい。

『秘密の森』は、検事のファン・シモクと警察官のハン・ヨジンが協力し合って、事件の謎に迫っていく社会派ドラマである。このドラマは私の周囲で非常に人気があり、続編がつくられると発表されるや大喜びし、日本での配信開始が近づいてくると、もうすぐ『秘密の森』がはじまるから、と妙にいそいそしている人が続出していた。


人気の秘密は、まず、しがらみだらけの検察と警察の世界で、主役の二人がまったく空気を読まず、正義のみを追求しているところだろう。天才的頭脳を持つシモク検事は共感性に乏しく、つまり男性社会の上下関係にまったく染まらない。ヨジンも〝男性の職場〟でほとんど〝紅一点〟として働いている。アウトサイダーである二人が出会い、真実のために共闘するところがいい。恋愛要素が皆無なところもいい。ただ、一匹狼で、ほとんど表情が変化しないシモクが、ヨジンに「わたしたちで」事件を解決しようと言われて、「わたしたち」という言葉に反応し、はじめて小さく笑みを浮かべる場面など、下手な恋愛の展開よりもよっぽどこっちをキュンとさせる場面が忘れた頃に出現したりする。

『秘密の森』のシーズン1で私が最も感銘を受けたのは、これまでのサスペンスドラマなら、事件の被害者として何の頓着もなく殺されてしまいそうな水商売をやっている女性が殺されず、生き延びるように物語がつくられていたことだ。猟奇的な殺人現場に見える状況で、彼女が生きているのがわかる場面には、既存のドラマを越えていく、という製作者側の矜持を感じた。

主役二人をサポートする周囲の人々のバランスもよく、ごりごりした人ばかりじゃない。ヨジンの部下や同僚に、女性の言葉をそのまま受け取り、彼女を尊敬していることが自然に伝わってくるソフトな雰囲気のキャラクターがいるところも見やすかった。この人たちはヨジンを裏切らないから安心や、と絶大な信頼を寄せながら見ていた。とにかく誰を信じていいのかわからない、謎が謎を呼ぶドラマなのだけど、ペ・ドゥナ演じるヨジンだけは、登場した時から、この人は絶対にいい人と確信できてしまうほど、存在から善のパワーしか感じさせず、ペ・ドゥナの個性をしみじみと思い知った。彼女はオーバーサイズのシャツやジャケットなど、服装がどれもリアルに着心地よさそうで、シンプルで格好よく、シーズン1と2を通して、その服を全部くれ!!!!と心の中で叫んでいた。

（ちなみにペ・ドゥナと私は生年月日の八ケタがまったく一緒で、約二十年前に彼女の出ていた映画のパンフレットでそれに気づいて以来ずっと、特別な存在である）

『秘密の森』のシーズン2では、重要な役どころで、ヨジン以外の女性の警察官が登場する。2でヨジンがはじめて警察庁に現れるシーンでは、まず、この建物で最もえらい人がいるに違いない部屋にかつかつと彼女が向かっていくので、そこまで出世したのかなと一瞬思わせて実は違うというフェイントをかけられるのだが、とはいえ、彼女はシーズン1よりは確実に出世していて、実際にその部屋の中にいる上司もまた女性である。ここ数年、韓国のドラマや映画を見ていると、フェミニズムをことさら謳《うた》う作品じゃなくてもこういうシーンをぼんぼんぶっ込んでくるので、ハッとさせられることが多い。上司とヨジンの、男社会の中でサバイブする女性同士をつなぐ、男性たちには見えない糸が切なかった。

ただ、シーズン1では、最も好きだった女性キャラクターが殺されてしまい、二番目に好ましく思っていたキャラクターが事件の真犯人で動機も本当に辛く、私にとっては苦い記憶を内包したシリーズでもある。好きなキャラクターへの愛が重いタイプなので、シーズン2も第一話のオープニングで、おなじみの登場人物たちがぱっぱっと画面に現れるのを見ながら、こんなに同じ人たちが出ていて、同じテーマ曲なのに、私の好きなあの人はいない……と思わず涙を流した（アホ）。

シーズン2の中で1の頃の話をされると、それ、なんやったっけ？ととところどころ思い出せないことがあったので、2を見終わった後、久しぶりに1を見返したのだが、私が一番好きだった彼女は、やはり本当に素晴らしい存在だった。いつも思い詰めた表情を浮かべているところがいい。笑顔の時でも。ネタバレになるので名前を書けないが、彼女はどのドラマでも最高で、大ファンである。

もう一つおそらく『秘密の森』ファンが楽しみにしているのが、食事シーンだと思う。忙しいシモクやヨジンは、ようやく食事できそうなタイミングができても、そこで電話がかかってきたりして、食べられないことが少なくない。そんな二人が合流して、ようやく食事にありつく場面がいい。また、出てくるのが屋台のラーメンやインスタントラーメン、スンドゥブチゲなど、妙にこっちの食欲をそそるものばかりだ。たまらなくなり、私も近くの韓国料理屋に通い、スンドゥブチゲを食べる日々だ。

心躍るジャンクフード

この前、新大久保の韓国料理屋さんで友人とごはんを食べた。

新大久保といえば、ご存じの通り韓国のお店が立ち並んでいることで有名で、その日も賑《にぎ》わっていた。私はBTSにはまってからというものこの街に行きたくてたまらなかったのだけど、コロナ禍がはじまったこともあって、なかなか来ることができないでいた。なので、お店の予約までの数十分の間にも、グッズショップに入りBTSのバッジを迅速にゲットした。

友人おすすめの韓国家庭料理の店では、蟹を醤油だれに漬け込んだ料理カンジャンケジャンの他、サムゲタン、スンドゥブチゲなどを次々と胃に収めた。お店の人にお米の量大丈夫？　と心配されながら、カンジャンケジャンの残りでチャーハンもつくってもらった。

まだまだ時間が早かったので、お茶でもしようと歩く道すがら、絶対にここに寄りたいと友人が食事前から言っていた韓国食材のスーパーマーケットに入った。すっかり慣れた様子でお気に入りの食材をかごに放り込んでいく友人におすすめを教えてもらい、私も韓国ラーメンや冷麺などを買うことにした。彼女は豪快にパック買いをしていたが、私はまずは食べてみようと、とりあえず二つずつ買ってみた。

次の日、韓国ラーメンを早速家でつくってみた。三養《サムヤン》ラーメンというオレンジ色の袋のラーメンで、友人曰く、これにキムチをのせて食べると最高においしいという。しかも、SNSで見つけた誰かの投稿によると、できあがってからのせるのではなく、調理している最後に投入しておくのがいいらしい。その通りにつくってみたのだけど、食べてみると、本当においしかった。辛すぎず、キムチのおかげでスープもマイルドになっていて、飲みやすい。

なんだか癖になってしまう味で、すぐに買った分はなくなってしまったので、常に家にあってほしいという願いから、思わずネットショップで一箱注文してしまった。つまり、四十個。キムチも常備するようにしている。

韓国では、インスタントラーメンをつくってそのまま食べられるアルミ製の鍋が必須で、十四センチの鍋が一人分にぴったりらしく、私も買った。インスタグラムなどで探してみると、この鍋でラーメンをつくって夜食を楽しんでいる人たちの写真が次々と見つかり、楽しそうだ。こういうジャンクな食事の雰囲気が大好きだなとしみじみ思った。

そう、私はジャンクフードが好きなのである。ジャンクフードは私の癒やしだ。ジャンクフードとまでは言えなくても、おにぎりやキンパ、フィッシュ・アンド・チップスやタコスなど、国ごとの気楽に食べられる位置づけにある料理に何より心躍ってしまう。

タコスは、高校時代にアメリカにいた際に学校のランチやタコベルで出会い、それからずっと好きで好きでたまらない。高校時代は、豆がどろっとして苦手だったので、いつも「ノー・ビーンズ」と注文していたけれど、今になっては、豆こそ必要だろ、の思いだ。

普段行かない街に行く予定がある際は、その街においしいタコス屋があるかどうか検索して確かめるし、すでにお気に入りのタコス屋があるとわかっている街に行く時は、必ずそのタコス屋に寄る。その場合は、予定の前後に二回行ったりする。一回目＝ブリトー、二回目＝タコス、みたいにする。

数年前、イギリスの東部にあるノリッジという田舎街で、ライター・イン・レジデンスと呼ばれる、一ヶ月の間好きなように小説を書いたり翻訳をしたりして過ごしていい、夢のような企画に参加した際は、もちろんフィッシュ・アンド・チップスを何度も食べた。街の中心に市場があって、そこにフィッシュ・アンド・チップスの屋台があったのだけど、そこでは地元のおじいちゃんたちが集い、めちゃくちゃ楽しそうにしていた。無表情なお店の女の子が手渡してくれたフライに、カウンターに無造作に置いてあるヴィネガーをどぼどぼと浸《ひた》すようにかけて食べた。

もう一つ、おいしいと評判な、洗練された雰囲気のフィッシュ・アンド・チップスのお店があって、おしゃれな内装のその店の女性店員さんは、私が行くと、この客はきっと不慣れに違いない、任せとけ、とでもいうようにうなずくと、遠くに行かないようにと私に言い（店内が広くて、地下にもフロアがあった）、私の席まで自分でフライをしっかり運んできて、ヴィネガーをかけるんだよと念を押してくれた。ここのフライはテイクアウトして、すぐ近くにあるアンティークショップの前庭で食べている人たちも多かった。

BTSのメンバーがつくっている動画をアップしたことで私の中で食べたい欲が俄然アップしたキンパは、近所では売っているお店がないのが残念だけど、これも少しずつ私の中でおいしいお店マップをつくっていきたいと思っている。先日、一週間ほど東京を離れた帰り、品川駅構内の韓国のお惣菜のお店でいろんな種類のキンパが詰められたパックを買った。幸せな気持ちになったし、おいしかった。

ガチのジャンクフードとしての最近のお気に入りは、カールスジュニアのチリビーフチーズフライだ。フライドポテトの上にチリとチーズがふんだんにかかっていて、魔の味がする。レギュラーとラージがあり、レギュラーだと少し物足りない気が一度したので、その次にラージを頼んでみたら、全部食べたけどさすがに多かった。めちゃくちゃ疲れている時なんかに、このチリビーフチーズフライを食べると、多幸感がすごくて、即効で元気が出る。ただ、体に悪いことはさすがにわかるので、本当に疲れた時にとってある。日常的に食べられないからこそ、ジャンクフードに夢中になってしまうのだろう。

エトセトラに花束を

友人の松尾亜紀子さんがフェミニスト書店を新代田《しんだいた》に開くことになったので、そのプレオープンに行ってきた。書店の名前は「エトセトラブックス」といって、彼女が一人ではじめたフェミニスト出版社と同じ名前だ。

実は、この出版社名は私が考えた。松尾さんは元々河出書房新社で、カレン・ラッセルやアメリア・グレイの作品など、私の翻訳書の編集を担当してくれていた。その後、松尾さんが独立を準備している際に、出版社の名前を募集中ですと言っていて、そうは言っても自分で考えた名前が一番だろうし、きっと考えつくに違いないと思っていたのだけど、本当にギリギリまで決まっていなかったので、これどうですかと提案してみたら、それだ！と勢いよく採用になった。

また、松尾さんが独立する際に、絶対この人に（ロゴとか出版物まわりのものを）デザインしてもらったほうがいいですよ！と、友人の福岡南央子さんを紹介したのだけど、その後、福岡さんはエトセトラブックスのロゴやグッズのデザインや出版物の装丁を次々と手がけている。

そういった縁もあって、ぜひプレオープンの初日にお祝いに行きたかった。

私は自然に咲いている植物や花は好きなのだけど、切り花やフラワーアレンジメントはこれまでどちらかというとあまり好きではなかった。でも、せっかくなので、お花を持っていくことにした。

当日、乗り換えの大きな駅で降りて、駅前のショッピングビルに入っている花屋さんに寄った。クリスマスイヴのせいか、年末が近いせいか、ポインセチアやお正月のお飾りなども並べられたチェーンの有名なお店のほうはすでに長い列ができていたので、もう一つの小さなお店のほうに行った。そっちは適度な混み具合だった。

新装開店のお店といえば、バタバタしているだろうし、花瓶も用意が足りなかったりそもそもなかったりもするだろうから、鉢や花瓶のようなものがあらかじめついているのがいいのかなと思ったのだけど、ぴったりくるものがなかったので、もう難しく考えずに、花束にすることにした。

お花を持っていくことに決めた時、最初に思いついたのは、サフラジェットカラーにしたいなということだった。サフラジェットは、十九世紀末から二十世紀初頭にかけて、女性の参政権のために闘ったイギリスの女性たちのことで、彼女たちのテーマカラーは、紫、緑、白だったので、スミレの花も彼女たちの花だったので、スミレの花束と迷ったけれど、その時、お店には強い紫色のスミレはなくて、柔らかい、あまりにも慎ましい色合いのスミレがひっそりと売られているだけだった。その感じは、私自身は好きなのだけど、今日はやはり、ぱっきりとしたサフラジェットカラーにしたかった。

手が空いていた女性の店員さんに、紫と緑と白の花で花束をつくりたいと告げ、アドバイスをもらいながら、花束をつくった。緑は最初ふわふわとしたはたきのような植物が目にとまったけれど、色が少し黄緑に近かったので、色の鮮やかさを優先し、ザ・緑の植物を選んだ。紫と白ははっきりとした色合いの花がすぐに見つかったので、それらを混ぜるのではなく、かたまりになるように配色してほしいと頼んだ。

普段から花束をつくる習慣がないので、値段がいくらくらいになるのか見当がつかず、お会計の際に予算よりも安くなってしまっていたのが判明して、もっと花の数を足せばよかったかなとちょっと後悔したのだけど、値段と関係なく、花束としてこれがいいと自分が思ったのだから、と考えることにした。

再び電車に乗って、新代田に向かいながら、テーマに合わせて花束を自分でつくることや、値段が予想できなかったことも含めて、とても新鮮で、じんわりと喜びが体内に湧いてくるような感じがあった。多くの人が花束を贈り合う理由がちょっとわかった気がしたし、また気軽にやってみたいと思った。

エトセトラブックスは駅から数分のところにあって、すぐに見つかった。コロナ禍だったので、小さなお店の中には常時七人のお客さんだけが入ることができるように人数制限をしていた。すでにお店はいっぱいの状況だったので、外から手を振ると、松尾さんと、先にお店に来ていた福岡さんが気づいて外に出てきてくれた。

松尾さんに花束を渡すと喜んでくれた。花瓶はお店に用意があったのでホッとした。店内には、他にもたくさんの方々から贈られた花々や植木鉢が飾られていて、とても幸福な空間に見えた。私が店内にいる短い間にも、漫画家の楠本まきさんからのお花がお店に届いていた。楠本さんからのメッセージカードには、「長寿と繁栄を」と『スタートレック』シリーズのキャラクター、スポックのセリフが書かれていて、素敵だった。

お店は盛況で、外に列ができていたので、お店を早々に出て、私と福岡さんは近くのドーナツ屋でお茶をした。これまで来たことのない街だったけれど、エトセトラブックスができたおかげで来ることができたし、これからも何度も来る機会がありそうだった。おいしいドーナツを食べながら一時間ほどいろいろと話したところでドーナツ屋の閉店の時間になった。松尾さんに渡しそびれていたものもあったので、帰りにもう一度エトセトラブックスに寄った。さっきよりも空いていた店内に入ると、私が贈った花を活けた花瓶がテーブルに飾られていて、その前には、花と同じように紫、緑、白のカラーが装丁に使われているサフラジェットについての本が置かれていた。フェミニスト書店ならではの光景、という感じがいきなりして、とても幸せな気持ちになった。

エトセトラブックスに長寿と繁栄を！

セルフ缶詰ラブ

この前自主缶詰をした。

小さな子どもがいる家の中では、エッセイはなんとか書けても、小説に集中することができなかったのだ。それまでは、なんだかんだでギリギリになると書けるタイプだったので、今回もいけるかと思ったら大間違いで、締め切りを延ばしてもらっても一向に書けず、いよいよやばいというところまで来て、これは自主的に缶詰をするしかないと、意を決した。コロナ禍だったのでホテルの値段が一泊数千円になっていたことにも、背中を押された。

どの街で自主缶詰をしようとネットで旅行の予約サイトを見ていたのだが、その頃、新大久保で韓国料理を友人と食べる機会が数回あり、サイトにおすすめとして出てきた新大久保のスタイリッシュなホテルを見て、ここだとピンときた。ここなら缶詰中においしいごはんに困ることはないし（厳密にいうと「缶詰」はホテルの部屋から出ないことなのかもしれないが、集中できる場所を求めている私には、一人になるだけで十分「缶詰」

だった）、私は現在シリアスなＢＴＳファンなので、ＢＴＳのグッズが街中で売られ、どのお店に入っても高確率でＢＴＳの歌が流れている新大久保はパラダイスでしかなかった。

自主缶詰一日目、リュックを背負い、キャリーをひいて新大久保に向かう私を、子どもの人と私の母が駅まで見送ってくれた。子どもの人は現在電車が大好きなので、私に手を振るのもおざなりに、次々とやってくる電車に気を取られていた。

ホテルにチェックインすると、ルームキーを渡され、ルームキーをかざさないと入れない場所が数カ所あることを伝えられる。ホテルに泊まる機会があるたびに、ルームキーを失くさないかとひやひやしていたので、ほとんど一週間近く滞在する今回は、パスケースを買おう、そうだ、この街ならＢＴＳ関連のパスケースが手に入るはずだと期待しながら、缶詰中の食料を手に入れるために街へ出た。

私が新大久保の街で缶詰するといいのではないかと思った理由の一つに、韓国食材のスーパーが何店舗かあることをすでに知っていたこともある。あまり知らない街でスーパーマーケットや外食するお店を一から探すのは、缶詰中は時間がもったいないけれど、この街ならすでになんとなく把握できているので、気が楽だった。

まずは、韓国食材のスーパーでカップラーメンや飲み物、お菓子を買い込んだ。ぼんぼんとかごに放り込みながら、この缶詰、最高だな、と早速気づく。予想通り、BTSのメンバーがデザインを担当したBT21のグッズを大通りのお店で見つけ、私の人生の推し、ジミンのキャラクターであるチミーのパスケースを、同キャラクターのストラップとともに買う。チミーのハロウィンのぬいぐるみも目に入ったので、缶詰中のおともにと迷わず買う。お店の女性が横からマジックペンを片手にすっと近づいてきて、値引きしてくれた。

ホテルへの帰り道、韓国のお惣菜のお店を見つけ、ぱんぱんになっていたバッグにさらにキンパとトッポッキを足す。これでこの日はもう外に出なくても大丈夫そうだった。その日の夜は、キンパとトッポッキ、映画『パラサイト』でも有名なチャパグリのカップラーメンを食べた。

仕事もはじめたが、買い出しの際にある店でかかっていたBLACKPINKの「Lovesick Girls」がつくづく名曲ではないかと思い、パソコンでついYouTubeを開いて改めてミュージックビデオを見たところ、今更ながらあまりにもよく、泣きながら、何回かリピートする。後半の、リサが「1！　2！」と叫ぶところ以降は特に気持ちが盛り上がる。私の家のWi-Fiは不安定なので、時間によっては、ぼやけたり、ひんぱんに一時停止したりする画面でYouTubeやNetflixを見るはめになるのだが、ホテルのＷｉ‐Ｆｉはさすがに強力で画質も鮮明なのでうれしくなり、さらにいろいろ見てしまう。

次の日から、昼と夜は外に出て外食、それ以外の時間はホテルの部屋で小説を書く毎日を過ごした。日によっては、昼食の後に、カフェで少し仕事をした。以前は数時間ほどしか立ち寄ったことのない街で仕事をするのがいきなり日常になっているのが新鮮で、気分転換になった。

外にごはんを食べに出ると、通りかかったグッズのお店などについつい吸い込まれて買い物をしてしまうのだが、それもそういう日常だと思えば、仕事のリズムに影響しなかった（私はその日何か特別な用事があると、そこでリズムが崩れて、小説が書けなくなることがある）。むしろ、一瞬、とても好きなものに触れられるせいか、気持ちのハリがすごかった。

外食は、偶然通りかかったり、以前行ったことがあったり、お店に詳しい友人たちにおすすめを募ったりしたお店を、一食一食回っていった。特に好きだったのは、辰《ヂン》家《ガ》と名家《ミヨンガ》だ。辰家のチーズキムチ石焼ビビンバと名家のスンドゥブチゲ、最高。

缶詰中は、写真や動画を毎日送ってもらい、ビデオ通話もしたが、子どもの人はご機嫌に暮らしていた。なんとか小説を書き終わり、お土産にいろんな韓国の食材を買って帰った。住んでいる街に帰ると、行きと同じく、子どもの人と私の母が駅に迎えに来てくれていて、まだ話せない子どもの人は、近づいてくる私を見て、アッ！と指をさした。

こんなに充実した自主缶詰ははじめてだった。またしなければならない事態になったら、再びこの街にお世話になりたい。

ファンシーに夢中

何回言うねんと思われているかもしれないですが、私はＢＴＳにはまっている。去年の年末、「ＢＴＳにはテーマカラーみたいなのあるの？　ファンが喜ぶ色とか」と友人に聞かれたので、「ＢＴＳを好きな人には紫色のものを渡せばとりあえず間違いない」と答えたところ、クリスマスの頃に会った際、彼女が手渡してくれたプレゼントの中に、サンリオの「推し活」グッズが入っていた。推しの写真を入れられる、リトルツインスターズのフォトフォルダーは紫色で、だから聞いてくれたのかとうれしくなった。シールなど他にも楽しいグッズがいろいろあって、かわいさで卒倒しそうになった。

小さな頃はもちろんサンリオを愛していた。母にサンリオショップに連れていってもらうたびに胸をいっぱいにして店の中をうろうろと徘徊し、何を買ってもらうか吟味したものだが（昔、私が一生懸命選んだけろけろけろっぴのポーチを、これがいいと母に見せたところ、その時なぜか同行していた近所の女性が「こんなんよくないわ（関西弁）」と口を挟み、その場のムードで買ってもらえなかったことを、いまだに私は根に持っている)、大人になるとなかなか手にとる機会がなかった。今のサンリオは昔女の子だった大人の層を狙った商品をいろいろ出しているのは知っていたのだけど、それにしても「推し活」グッズはさすがだなと感心した。

それから数ヶ月したある日、私と私の母はもうすぐ二歳の子どもの人をベビーカーに乗せて、そんなに遠くはないが、なかなか行く機会のなかったある駅に降り立った。これまで私は電車を乗り過ごした時しか降り立ったことのないその駅になぜ行ってみたかというと、母が幼少期、親戚の家があるその街に一度だけ行ったことを記憶しており、久しぶりに行ってみたいと前から言っていたからだった。今は遠出ができないし、その駅なら近場で気分転換にもよさそうだった。

駅から出て、何か思い出すかと母に聞いたところ、昔の駅の雰囲気しか覚えていないと言い、来てみたら気も済んだらしいので、とりあえず駅前のショッピングビルに入ってみることにした。母が時々子どもの人の服をミシンでつくっているので、オカダヤに行こうとエレベーターに乗って上の階を目指す。

私はオカダヤに入ったのがおそらくはじめてだったのだが、とにかくかわいい布がたくさんあって、テンションがめちゃくちゃ上がってしまった。おしゃれすぎない、下手すると、私が中学生の頃でもこういう布あったかも⁉と錯覚させるような、ちょうどいいファンシー具合の布が、所狭しと並んでいたのだ。家の柄、文房具柄、泳いでいる女の人の柄などなど、布を見ているだけで楽しい気持ちになった。どれも欲しいが、果たして買ってどうするのだ、でもこんな柄が自分の部屋のカーテンだったら最高なのに、でも用途がはっきり決まっていないし今日は我慢しよう、と頭の中でぐるぐると考えているうちに、子ども用の布のコーナーに入り込み、ここで私は一線を越えた。

子どもの人は現在電車に激はまり中なのだが、手頃な、かわいい電車柄の布がこれまたたくさんあったのだ。子ども用だと、服やらかばんやら何かとつくるものはあるのでこれは無駄ではないと、ネジが飛んだようにいろんな種類の電車や乗り物柄の布を買ってしまった。昆虫柄の布などもかわいかったのだが、それはまた次回。買わなかったが、ムーミンのキャラクターの缶やサクラクレパスの入れ物を模した缶に裁縫道具が詰められたキットが売られていて、そこでも一度気が遠くなった、かわいすぎて。

オカダヤを出て、館内地図を見ると、子ども広場と書かれた階があったので、その階まで上がってみると、子ども広場はコロナ禍で閉鎖されていたのだけど、その横にサンリオのショップがあった。軽い気持ちで入ってみたところ、この前もらった「推し活」シリーズが並べられたコーナーがあり、私はそこで目にしたポチャッコに心を撃ち抜かれた。

ご存じだと思うが、ポチャッコは、犬のキャラクターである。私は小さな頃もポチャッコのことが好きだった（一番好きだったキャラクターは、ザ ボードビルデュオという、トラッドスタイルの女の子と男の子のキャラクターだったのだが、これも復刻してほしい）。「推し活」シリーズのポチャッコはどれもアップルグリーンが基調になっていて、クリアフォルダーもファイルもびっくりするくらいかわいかった。

今からサンリオで真剣に選ぶから、しばらくベビーカーを押していてくれ、と母に頼むと、私は昔と同じように、グッズを真剣に吟味した。ポチャッコは一時的な復刻ではなく、二十一世紀のサンリオに違和感なく溶け込んでいて、その事実にもグッときてしまった。これ役に立つのかなと前から懐疑的な気持ちだったマスクケースも、ポチャッコの柄だと迷わず買い物かごにイン。

最終的にポチャッコのグッズばかりが入ったかごをレジに持っていくと、お会計をしてくれた店員さんは、どこからどう見ても大人の私に対して、お子さん用ですか？などと聞かずに、「ポチャッコがお好きなんですか？」とにこっと笑ってくれた。

「あ、好きです」と答えると、ポチャッコのシールをくれた。サンリオは、いくつになってもサンリオを好きな人を認めてくれるんだなと、改めてサンリオをすごいと思った。オカダヤとサンリオで買い物をして、予想外にファンシーな一日になって面白かった。

その後、その時のお店になかったグッズを確認しようとサンリオのオンラインショップを見てみたら、「推し活」グッズは正しくは、「推しのいる生活」をテーマにつくられたシリーズで、本当に細かいニーズを想定してあらゆるグッズが用意されていて、脱帽だった。あと、私は再びポチャッコにはまりそうだ。

体重のプレッシャー

前にも書いたのだが、私は出産後、妊娠前の体重よりも六キロほど太ったままだったので、今後どっちの方向に進んでいくのかわからず、一年ぐらい服を買わなかった。それで特に問題なかった。

コロナ禍がはじまった頃、『持続可能な魂の利用』の単行本が発売になり、取材の依頼が立て込むようになった。ちょうど一度目の緊急事態宣言が明け、休業していた書店も再開したところだった。でも、まだまだ気を緩めてはいけないという共通の認識があり（今だってそうなのだけど）、多くの取材がリモートになった。

こういう事態になってネックだったのは、我が家のＷｉ-Ｆｉである。テレビでもバンバンＣＭをしているような会社で契約したのだけど、これがいかんせん不安定で、どうにもならない。会議や打ち合わせ、イベントや飲み会などを、みんなＺｏｏｍでやるようになっていたけれど、我が家のＷｉ-ＦｉではＺｏｏｍなど夢のまた夢だった。

手軽さゆえか、オンラインイベントの依頼なども増えたのだけど、人見知りなこともありもともとあまりイベント出演などを引き受けていなかったうえに、Wi-Fiを理由に断り続けることになった。

Wi-Fiが不安定で、と言って断ると、たいていの場合、相手は怪訝《けげん》そうで、そりゃそうだろうなと私も同感だった。なぜうちのWi-Fiがこうなのか、理由がまったくわからない。ただ、東京出身の友人たちに事情を話すと、「あ、あそこ、地形だ！　あそこはやばい！」と一発で通じ、同情してくれたので驚いた。今私が住んでいる街の周辺で、学生時代にバイトをしていた友人によると、その店のネットも不安定だったそうだ。この街は一体全体なんなのか。

さすがに仕事に影響が出るので、リモートワークになったパートナー（育児エッセイ『自分で名付ける』で詳しく記したのだけど、私は法的に結婚していないので、現在一緒に住んでいる人のことを対外的にどう呼べばいいのか絶賛困惑中で、便宜上パートナーとは書いているけれど、心の中では「パートナーとかしっくりこねえ！　呼びたくねえ！」と、その都度ラップ調でいることをご了承ください）が一度ルーターをレンタルしてきたが、その機器も、我が家の中では不安定になった。本の紹介コーナーがあるバラエティ番組にリモート出演することになった際は、事情を聞いた番組からルーターが送られてきて、それはさすがに安定していて、このルーター強い、と思った。

そういうわけで、リモートの取材はもっぱら電話でお願いすることになった。インタビューとともに掲載される写真は、数年前のものになってしまうけれど、すでにあるプロフィール写真を提出すればよかった。写真撮影があると、化粧や服装をちゃんとしないといけないので、正直、この点では楽だった。ちょうど六キロ体重が増えていたこともあるし。取材してくれたライターさんの一人も、今まで必ず会って取材していたけれど、これでも全然いいじゃないか、と目から鱗が落ちたと言っていた。

でも、対面取材でお願いしたい、という媒体もあるし、時が経つにつれて少しずつ以前のように、実際に会って取材してもらう機会がまた多くなってきた。これはいかんと食事制限をして、数キロほど痩せたのだが、取材が落ち着くと、また元通りになった。

それから半年以上経ち、私は相変わらず、六キロ太ったままだ。そして思ったのだが、日本のサイズの設定、小さすぎないか。身長一六三センチの私がたかだか六キロ太っただけで、お店で試着しても、ズボンのサイズはLでもきついことが多い。一度イギリスのブランドの服を着てみたら、一番小さいサイズでちょうどよかったのでその違いに驚いたこともある。プラスサイズの人たちが、日本は服を買えるお店が少ないと常々言っていたのも納得だ。

そして、自分自身も、取材で写真を撮られるから痩せないといけない、と思ってしまうことについて、考えていた。別にこのままでもいいはずなのに、どう思われるか気にしている自分がいるのだ。

妊娠中、私が通っていた病院は、体重の増加を十キロ以内に収めるようにと、口を酸っぱくして言っていた。担当の医師は、体重が増えすぎると産みにくくなるし、出産後に体重が戻りにくいと説明し、最後に「日本人は太ることに慣れていないから」と付け加えた。私は、そうなのか、と納得したのだが、でも、体は納得せずに、最終的に十三キロ近く太り、後半は健診のたびに、もうこれ以上太ってはならぬ、と釘を刺され続けた。

医師が言った通り、実際に基準よりも太った私は出産後も体重が戻りにくく、医師にも「そりゃあんだけ肥えれば……」と言われたのだが、それから二年以上経ち、ここに来て、妊婦の痩せすぎを心配した日本産科婦人科学会が、新たな目安を発表した。それだと以前の基準よりも三キロほど増えていて、つまり、この新しい目安だと、私の妊娠中の体重増加は基準内だったのである。

その記事を読んで、あんたは間違ってなかった！　と、当時の自分を抱きしめてやりたい気持ちにかられた。注意され損ではないか。案の定、SNSでも、私の妊娠中に言ってほしかった、あの苦労はなんだったんだ、めちゃくちゃ医師に怒られたのに、と嘆く経産婦たちの声で溢れていた。もちろん病院側は、妊婦の体を心配してそう言っていたとはいえ、病院側にも、私を含め妊婦側にも、出産後は元通りの体重に戻すのが当たり前、とする意識が刷り込まれてきたのだなあと気づかされた。

妊娠中のしんどい時期に体重のことでプレッシャーを感じなくてすむような、出産後も別にそんなにがんばって体重を戻さなくてもいいような、もうちょっと女性が気楽にいられる雰囲気が社会にもっと必要なのだろう。そういう社会ならば、痩せているることがそもそもそんなに重要視されないはずだ。健康を害するレベルなのは、太りすぎも痩せすぎもよくないが、どちらにしろ、自分の体のことで世の中の目を気にしなくていいのが一番だなと、改めて思った。なので私も、ぼちぼちいきたい。

読書は心にいい

四月に短編集『男の子になりたかった女の子になりたかった女の子』、五月に文庫『女が死ぬ』、七月に自分の妊娠、出産、育児について書いたエッセイ集『自分で名付ける』が刊行されることになっていたので、私は二月頃から数ヶ月にわたって、三冊分の校正ゲラを直し続けてきた（『男の子になりたかった女の子になりたかった女の子』と『自分で名付ける』も、二〇二四年の現在は文庫になっている）。

校正ゲラは、作者が初校と再校を確認することになっていて、校正さんと編集者さんが疑問点などを書き込んだ初校を数週間かけて私が確認し、編集者さんに戻すと、私の赤字を反映した再校ゲラがつくられる。そこからまた校正さんと編集者さんが疑問点を書き込んで、数週間後に私の元に再校がやってきて、今度はそれを一週間ほどで再度確認し、また戻す。その後も校了するまでは何かとチェックすることがある。他にも装丁について考えたり、決めたりすることもあるし、本をつくっている間は、とにかく次々と選択し続けなければならない。ゲラのチェックも、消したり、増やしたり、どっちの言葉にするか決めたり、細かい選択の連続だ。

その作業を、通常の連載や単発の依頼などに加えて、三冊分繰り返しているとどうなったかというと、私はなんだかめちゃくちゃ疲れてしまった。本を出せることは幸せなことだし、ゲラ作業自体も好きな作業だったのだが、どうにも疲れが取れない。

人は元々、一日に選択できる数が決まっているそうだ。それ以上の選択は、ストレスになるらしい。以前、本を出した時に、書店さんを回ってサイン本をつくらせてもらう際、同行してくれた営業の二十代の女性が言っていた。彼女はその事実を知って以来、一日のうちの選択をできるだけ減らそうと心がけているらしい。

なぜその話になったかというと、休憩するために入った喫茶店で、彼女がストローを使わずにアイスコーヒーを飲んでいたからだ。今ならエコの意味合いかと思うが、その時は理由がわからなかったので聞いてみたところ、前述の「人が一日に選択できる数は決まっている」との答えがあった。ストローを使う、使わない、という選択を避けるために、彼女は、ストローは使わない、と元から決めているそうだ。この人は面白いなと思った。それ以来、選択することが何かと多い、本をつくる作業の間、よく彼女の言葉と、アイスコーヒーのグラスを生ビールのように呷《あお》っていた姿を思い出す。つまり、今、私は脳が疲れているのだ。

また、子どもの人も小さいので、バタバタと暮らしているうちにストレッチを怠ったりもして、首、肩、腰がガッチガチになってしまった。肩なんて硬くなりすぎて、筋肉隆々の人みたいにちょっと盛り上がってしまっているし、肩甲骨のところが石のようだ。これはやばいと思い、ストレッチや湿布、ピップエレキバンなどを総動員させているが、積み重なった硬さはなかなか取れない。出産以来、一年に一、二回はやってしまうぎっくり腰もやってしまった。毎回必ず子どもの人を抱き上げた瞬間になる。

しかもコロナ禍の今は、みなさんそうだと思うが、心労が絶えない。ニュースやSNSを見ても、日本政府がいかに日本に住んでいる人たちの命と生活を軽視しているかがありありと伝わってくる。あまりにも理不尽なことが多く、怒りやら悲しみやらいろんな気持ちが混ざり合って、最終的に暗い気持ちになる。

こういう状況の中で、私がすることにしたのは、読書である。

子どもの人が生まれる前に比べてももちろん、この三冊分のゲラ作業をしている間は特に本がほとんど読めていなかったのだ。読みたい本がどんどん積み重なっていくのを見て、それもストレスになっていた。

やはりゲラ作業でほとんど休めなかったゴールデンウィークの終わる頃、これはもう駄目だと思い、私はベッドのサイドテーブルに並べていた本の一冊を手に取り、それを勢いよく読みはじめた。ぐんぐんと読み進め、終わる頃には、ガサガサだった心に何か潤いが浸透するような感じがあって、我ながら驚いた。

明らかに私に足りていなかったのは、本を読むことだった。私はそもそも何が好きって本を読むことが好きな人間なのだけど、やはり本を読まないと自分は駄目なんだなあとよくわかったし、読書がいかに心にいいか痛感させられた。

今は映画やドラマ、ネット上にも様々な面白いものがあるから、外に出られなくても、家の中での気分転換にはことかかない。私は映画やドラマも大好きなので、Netflixなどでどちらもちょくちょく見ていた。それでも私の心は疲れたままだったのに、本を一冊読んだだけでこの潤いは一体、と新鮮に驚いてしまった。その時読んだキム・ホンビ『女の答えはピッチにある　女子サッカーが私に教えてくれたこと』がめちゃくちゃ面白かったこともあるけれど、本を読んでいる間に自分にすっと芯が通るような心地がしたのだ。

目を背けてはいけないことは多いけれど、忙しない、不安な日々の中で、SNSやニュースを見続けていると処理しきれない膨大な情報が体内に溜まって、心が疲れてしまうのかもしれない。本は、自分自身と本の世界にだけ的が絞られて、集中できるのがいい。余計がない。世の中の情報に置いていかれてしまう不安もあるかもしれないけど、時にはこうやって、自分を休ませてあげることも重要なのだ。大切なことに改めて気づくことができたので、私は今、時間を見つけてはできるだけ本を読むようにしている。相変わらず体は不調なままだけど、それはゆっくりと治すとして、まずは心に栄養を。

無限に増えるトートバッグ

私はバッグを持ちすぎている。

まず、トートバッグが、自分でもどうかと思うほど、好きなのだ。

コロナ禍の前までは、一年に一、二回、文学イベントなどで海外に行く機会があったのだが、空き時間があると、必ず現地の独立系書店を回っていた。そうすると、そういったお店に付きものの、オリジナルのブックトートをばかすか買ってしまう。海を越えて来ているので、もう来る機会がそうそうないかもと思うと悩むこともなく、買いまーす、後のことは後で考えまーす、とシンプルな心理状態になった。新しいブックトートに出会った時、私の心には喜びしかない。

帰国後は、トランクに詰め込んできたブックトートを、外出時はローテーションを組むがごとく次々と使っていたのだが、それでも数が多すぎて、いまだ一度も使われないまま箱の中に眠っているトートがおそらく十枚以上は優にある。しかも、かなり気に入っているトートは、念のために二枚買ったりしているので、すでにもう「在庫」と呼んだほうがいいかもしれない。

さらに、ブックトートを日常的に使っていると、この人はこういうのが好きなんだなと思った方々が、海外に行った際にお土産でブックトートを買ってきてくれることもあるので、ますます私のコレクションは豊かになっている。

最近は、エトセトラブックスなど、日本の独立系書店でも素敵なブックトートを売っているので、まだまだ増えてしまいそうだ。

余談だけど、エトセトラブックスのトートバッグは、「I read feminist books」とプリントされている。

ある時、イギリスのドーントブックスで、レジ付近に並べられていたピンク色の表紙の小説を手にとると、レジの中にいた女性店員さんが、「すごくいいフェミニスト小説でおすすめ！」と声をかけてくれた。そして、私が「女性作家の作品？」と聞くと、その時レジ内にいた女性二人が、みなまで言うな、とばかりに、にっこりとうなずいた。いまだにスローモーションで思い出してしまう光景だ。一体なぜこの人たちは、見ず知らずの私にこんなに自信たっぷりにフェミニスト小説をすすめてくるんだ（最高）と思ったら、私の肩からエトセトラブックスのトートがさがっていた、なんてこともあった。「そのトートいいね」と褒められた。

お店のブックトートというと、布バッグに店名をプリントしただけだと思うかもしれないが、最近のブックトートは、ポケットがついていたり、裏地は違う布地が使われていたり、ジッパーで上を閉じられたりと、それぞれ使いやすさが追求されていて、実際に使いやすい。

私のお気に入りは、イギリスのフェミニスト出版社兼書店である、ペルセポネブックスの水色の厚手のトートと、これもイギリスのラチェンス&ルービンスタイン書店の黒と白のデザインが素敵な厚手のトートだ。どちらも丈夫で、内側に仕切りやポケットがあり、遠出する時でも安心して持つことができる。

さらに丈夫なバッグを使いたい時は、トートバッグ専門店のバッグの出番だ。もちろん、こちらも、TEMBEAやL.L.Beanのものなど、いくつも持ってしまっている。

あまり有名ではないけれど、私がずっと気に入っている、PORT CANVASというお店がある。六〇年代からメイン州の港町にあるお店で、バッグづくりのはじめから終わりまで一人の職人さんが担当し、タグの裏にその人のイニシャルが書かれているところが面白い。また、その職人さんたちが、私が見た集合写真では全員四十代以上の女性だったところもよかった。彼女たちがつくったバッグなんだ、と考えると、持ち歩いていてもうれしくなる。

PORT CANVASの一つ目のバッグに出会ったのは偶然で、二十代の頃、アウトドアのセレクトショップで見つけた。帆布の濃いベージュの生地に持ち手やボトムは紺色で、落ち着いた配色が使いやすそうだった。手にとってみると、こりゃあ、絶対に使いやすいぞ、と即座にしっくりくる感じがあったので、買った。それから十年以上、このトートバッグは現役で、今はいわゆるマザーズバッグのような役割を果たしている。

実際の店舗では、その後一度もPORT CANVASのバッグを見たことがないのだけど、ネットを時々チェックすると、取り扱っているネットショップが見つかるので、違うデザインのバッグを新たに買ったりしてきた。

一度、サイズをよく確認せずに、白色と紺色のトートバッグを買ったら、びっくりするくらいでかい、中型犬とかが入りそうな大きさのバッグが届いて驚いた。いかにもアメリカサイズだった。返品できないだろうなと思いながら、サイズを間違って買いましたと一応ネットショップの人にメールをしたら、お店の人もこれは大きいと思ったのか、一回り小さいサイズに交換してくださって、本当にありがたかった。そのバッグも今も元気だ。

私はたいして運動もしないのに機能的なものが好きなので、さらにアウトドアブランドのバッグもいくつもある。子どもの人と外出する時は、貴重品を小さなショルダーバッグに入れて私の体と一体化させ、子どもの人の動きに集中できるようにしているので、それ用のショルダーバッグも、いつの間にか増えている。なくなってもいいものは別の布バッグなどに入れ、いざとなったら潔く諦めることに決めている。宇宙船の切り離し方式を参考にした。

その他雑多なバッグなども含めると、本当にたくさんバッグを持っている。

さすがに少しは減らさないといけないとは思うのだが、ブックトートは旅の思い出でもあるので、使い倒して極限までボロボロにでもなっていないと、処分できる気がしない。丈夫なトートバッグも寿命が長いので、ここまで一緒に来たのに今更、と離れがたい気持ちになる。それに、TEMBEAのバゲットトートという縦長トートは、普段はちょっと大きいなと感じるのだが、A3サイズの校正ゲラを直している時は、ゲラを曲げずにそのまますとんと収納できるので、年に数度、めちゃくちゃ便利な時期が訪れる。

何より、私の持っているバッグをすべて合わせても、ハイブランドのバッグ一つの値段にもならないので、その事実が私をつけ上がらせている。たぶんこれからもつけ上がったままかもしれない。

とはいえ、壁掛けは重なった布バッグでえらいことになっている。すべてのバッグをどう収納するのが正解なのか、これが今の私の悩みである。

愛しのクッキー・ドゥ

私は小さな頃からものすごくクッキーが好きだった。

まず、幼い頃は、母と一緒に、何度もクッキーをつくった。バター、卵、砂糖、小麦粉、バニラエッセンスが入ったシンプルなレシピで、我々はこれらの材料を混ぜては、まとめて冷蔵庫で寝かし、型抜きをして、オーブンで焼いた。家にはいろんなかたちをした型抜きがあり、絞り出し用の器具もあり、冷やした生地を絞り出して同じかたちの小さなクッキーを量産していると、まるでプロのお菓子屋さんにでもなったような気分だった。

私のクッキーの原点はこの余計なものが入っていないクッキーの味なので、あらゆるクッキーが街に溢れている今も、あの頃のクッキーと似た味がするに違いない、と直感したクッキーは、必ず買ってしまう。

デパートなどではなくて、街の小さなパン屋さんとかのほうが、私の好きなクッキーは見つかる。この前もはじめて行った街の通りに、ここは、とピンとくる昔ながらのパン屋さんがあった。入ってみると、案の定、八〇年代チックな包装がされた、紅茶クッキーやチョコチップクッキーが並んでいて、反射的に袋を手に取った。帰ってから食べてみると、思った通りの味がして、またあの店に行こうと強くうなずいた。

さて、このようにクッキーが大好きな私だが、実をいうと、最も好きなのは、クッキーを焼く前の生地の状態なのだ。しかしこれは、クッキーを手づくりした時しか食べることができない。

このおいしさに気づいたタイミングは覚えていないが、子どもの頃は、生地を混ぜながら、母にあまりバレないように、ついつい生地を口に運んでしまっていた。焼く前の、素材そのままの味というか、優しい甘い味には中毒性があり、クッキーをつくることになると、密かに生地をつまみ食いできることを喜んでいた。「ギルティー・プレジャー」という言葉があるけれど、まさにそれだ。もちろん衛生面で問題があるので、母は私に食べさせたくなかったと思うのだが、ただ、生のクッキー生地を食べて調子が悪くなったことは、自分の記憶上はなかったような気がする。

成長し、クッキーを手づくりすることもなくなると、クッキー生地を食べることもなくなった。その頃から、主にアメリカの小説やドラマを読んだり見たりしていて、ある描写に出会うようになった。アメリカの女の子たちが、誰かの家でパジャマパーティーみたいな集まりをしたり、何かだらだらと家で時間を潰したりしている時に、「クッキー・ドゥ」と呼ばれる、クッキー生地を食べているのだ。

たとえば、九〇年代の大ヒットドラマ『フレンズ』では、メインキャラクターの女性三人が部屋で寝巻きで過ごしている場面で、そのうちの一人、モニカが一人がけ用のソファーに寝そべって、クッキー生地をボウルから食べていて、かわいかった。

コメディ映画などでも、誰かが失恋したり落ち込んだりしていると、その子を慰めている友人が、「家でだらだらしながら過ごそうよ。クッキー・ドゥもあるよ」などと励ましたりしている。

「クッキー・ドゥ」の描写にたびたび遭遇するので、どうやらそういう文化があるらしいとわかった。私はまったくこのノリを知らず、日本は兵庫県、姫路市の片隅で、ただおいしいからとクッキー生地をつまみ食いしていただけなのだが、はるかアメリカで女の子たちがクッキー生地を食べて、遊んでいることを知り、へーと驚いた。

うらやましかったのが、彼女たちがクッキー生地をばくばく食べていたことと、その後の情報収集によると、どうやらアメリカには食べる用のクッキー生地も売られているらしいことだった。クッキー生地は筒状の容器に入っていて、その筒もうらやましかった。

いっときの流行りでもないようで、直近だと、二〇一九年にアメリカで刊行され、日本でも二〇二〇年に翻訳版が出たカリ・ファハルド＝アンスタインの短編集『サブリナとコリーナ』にクッキー生地の描写が出てきた。

ある時、子ども用の木製のクッキーづくりセットをいただいたのだが、その中には、なんと愛しのクッキー・ドゥの筒も入っていた。「メリッサ＆ダグ」というアメリカのブランドの商品だそうで、他にもピザや朝食など、いろんなセットがあると教えてもらった（その後、ピザも購入）。

早速、我が家の二歳の人と遊んでみたのだけど、私が箱を取り出した瞬間から目の色が変わり、こうやってするんだよと説明する間、うん、うん、と前のめりぎみでうなずく。いざクッキーをつくりはじめると、真剣な表情で延々とクッキーづくりの工程を繰り返していた。それからというもの毎日クッキーをつくっている。近いうちに、本当のクッキーづくりも一緒にしたい。

三ヶ月の「疎開」

昨年の秋は、母が一週間ほど入院したこともあって、なかなか落ち着かなかった。この二年間ほど、母は東京の私の家に半同居して、今二歳の子どもの人の育児を一緒に手伝ってくれていたのだが、さあ、母が関西の病院で検査をすることに決まるやいなや、母と子どもの人、そして私はとりあえずの荷物を持って、西へと向かった。段ボール数個に慌ただしく衣類やおむつなどを詰め込んで、ぽんと送った。

ちょうどオリンピックの時期で、東京は感染者が急増し、まだ子どもの人はマスクをできないし、外出してもいろいろなものに触ってしまうので、ちょっともうサバイブする自信がないなと私は遠い目になっていたところだったので、西に向かうのは、少し疎開のようでもあった。実際に、関西の母の家に着くと、東京の殺伐とした状況が嘘のように、近所でもマスクをしていない人たちが多く、なにやら牧歌的な様子で、カルチャーショックを受けた（とはいえ、その街でも「緊急事態宣言」が出ていたのだが）。

検査の結果、やはり手術が必要になり、九月に母の入院の予定が組まれ、私も母とともに担当医師の話を聞きに行った。母の病状は幸いなことに最も軽い部類だったので、ネットで検索しても、これは大丈夫だろうな、と安心できるものだった。

とはいえ、我々家族は、私が学生の頃に父が亡くなった以外は、長い間大きな病気もせず、ほとんど大きな手術をしたことがなかったし、この世に絶対はない。私は前にも書いた通り、わりと心配してしまうタイプだ。でも、そんな私が驚くほど不安にならずに済んだのは、こうなる前から見ていた韓国のドラマ『賢い医師生活』のおかげだった。

『賢い医師生活』は、ユルジェ病院という大きな病院で働く医師たちの群像ドラマで、メインの五人はみな、一九九九年に医大に入学した仲間たちだ。ちなみに、医大ではないが、私が大学に入学したのも同じ年なので、彼らは私とほぼ同い歳の人たちである。不公平に訪れる人の生き死にを前に、ただ最善を尽くそうとする彼らの日常がとてもいい。医療従事者、患者、患者の家族と、このドラマにはとにかくたくさんの人が登場する。いろんな人がいるけれど、いろんなことが起こるけれど、できる限り善き人であろうとする人々の姿を、何の照れもなく、描くべきものとして、描く。細かいエピソードの数々が積み重ねられていくのだけど、シーズン2には、メインの五人のうち二人が、自分の母親に突然病気が見つかり、驚く回がある。

そのうちの一人、五人のうち唯一の女性で、完全無欠の神経外科のソンファは、目の回るような忙しさにかまけて、実家に顔を出さないでいる間に、母親が病気になっていたことを知る。母親を診てもらった先輩の女性医師に、母親の病状とともに、見てすぐに（ソンファの母親の容体がよくないことが）わかった、と告げられたソンファは、ショックを受けて落ち込む。

このエピソードはちょうど、私の母の手術が決まった頃に配信され、落ち込むソンファの姿を描いてくれたことが、私にとって大きな慰めになった。我が家は、母に症状が出た翌日すぐに病院に行ってもらい、病気が発見されたのだが、内心もっと早くわかったのではないかと、私は後悔というか、考えてしまうところがあった。その後、調べた結果、その病気は検診も推奨されていないし、症状が出てすぐに病院に行くのが最善だとわかったのだけど、それでもやはり考えてしまうことには変わりない。

その場面だけじゃなく、『賢い医師生活』そのものが、その秋の私を支えてくれたような気がする。

どんな時でも真っすぐ、余計な気持ちを持たずに、人の命を救おうと尽力する病院の人たちの姿を見ていたことで、現実の病院の人たちもそうだと信じられるところがあり、余計な心配をすることがなかった。ドラマの中で、医師たちと様々な患者や患者の家族のやりとりをもう何十回以上も見ていたので、患者の家族としてのあり方もすでに学習済み。落ち着いていられた。ありがとう『賢い医師生活』（ちなみに、自分の家族が病気になったら、医者だって平静ではいられないことを、家族の手術を別の医師に頼むベテラン医師や、子どもが入院して取り乱し、大声でわめき散らす小児科医などの姿を通して端的に示していたところもよかった）。母まで自分の執刀医の先生のことを、ソンファに似ていると言い出していた。頼もしいところが確かに似ていた。

　このドラマは、現実の患者や患者の家族にとって、とても心強い存在だったのではないかと思うし、シーズン２で最終シーズンとなってしまったが、これからもそうだろう。臓器移植のエピソードがたびたび登場するこのドラマのおかげで、韓国では臓器提供者が十一倍になったそうだ。それぞれの信念を胸に誠実に働き、おいしいごはんを食べ、たわいのない会話で楽しそうにしている彼らに助けられた年だった。みんな好きだけど、私の推しはコメディセンスが抜群なチュ・ミナ先生。

　そういうわけで、子どもの人と私は母の家で三ヶ月間ほど過ごすことになり、日常と非日常の混ざったような気持ちで過ごした。

途中で季節が変わったこともあり、東京の家に残って仕事をしながら猫の面倒を見てくれていたパートナーに、衣類などを後でまた送ってもらったのだが、うっかりしたのが靴下だった。私は二足しか靴下を持ってきておらず、後で送ってもらう時にも頼むのを忘れた。暑い間はサンダルでよかったのだが、次第に秋が深まっていくなか、私は二ヶ月以上を二足の靴下でしのいだ。時々街に出た際に靴下を買い足せばよかったのだが、今更買うのもくやしい気がすると意地のようになり、結局買わなかった。数ヶ月ぶりに東京の家に戻った私が最初に思ったのは、やっとこれで靴下がいっぱいある！だった。

小腸に感動

人生ではじめて大腸癌検診を受けた。

きっかけは、『ブラックパンサー』で主役のティ・チャラを演じたチャドウィック・ボーズマンが大腸癌で亡くなったことだった。彼は私より三歳年上で、ちょうど私と同じ年齢の頃に病気が判明していた。私は『ブラックパンサー』の彼のことが大好きだったので、彼の死をSNSで知った時は本当にショックで、信じられなかった。

その後、肉（特に赤身の肉や加工肉）と乳製品を食べることがどれだけ体に有害なのかを検証するドキュメンタリーをNetflixで立て続けに二本見たところ、そこでも大腸癌について語られていてすっかりおそろしくなってしまった。私は気になるとひたすら検索してしまう性格なのだが、調べてみると、大腸癌は現在、日本人女性の死因として最も多い病気であるらしい。確かに、他の検診に比べて、大腸癌の検査は少しハードルが高い。怯《ひる》んでしまう人もいるだろう。

私も、胃カメラ、乳癌や子宮頸癌検診などは何度もやったことがあるのだが、大腸癌の検査は、さすがにこれはちょっと億劫だなあという気持ちになった。しかし、四十歳になったらまず検診を、と大腸癌検査について説明されているサイトには必ず書き添えられている。私は今、四十一歳だ。やるしかない。まずは便潜血検査から、というのが一般的のようだったが、この検査で不調が発見されないこともあるという説明に不安になり、もう最初から大腸内視鏡検査を受けることにした。

ネットで近くにある大腸癌検診をやっている病院を探したところ、家から数駅のところに、ネットの評判がとてもいい病院があった。まずは問診が必要なので、早速病院に行ってみたところ、かなり混んでいる。しかも、大腸内視鏡検査の予約自体は二ヶ月後になるらしい。え、もっと早くやってしまいたい、と拍子抜けしたのだが、問診の順番が近づいてくるまで、近くのデパートで時間を潰すことにした。

その間に他の病院にも電話してみたのだが、そこでも大腸内視鏡検査は一ヶ月待ちだった。「最近は大腸癌検査が人気で」と、電話の向こうの声が言い、ひとまず電話を切った。少し考え、一ヶ月の差は大きいけれど、せっかく今日病院で問診を受けるわけだし、こっちでいいかと私は思った。電話をした病院が、ネットで見た感じだと、妙に白くて、おしゃれな内装だったので、気後れしたところもあった。

その後の二ヶ月間は、妙にやきもきして過ごした。私は前述の通り、何度もネット検索をし、書かれている症状がすでに自分にもあるように感じはじめ、さらに心配になるタイプ、つまりドツボにはまるタイプである。本来なら病院で服用することもできたはずの腸管洗浄液を、今はコロナ禍なので自宅で飲んで来てくださいと問診後に手渡された紙袋が部屋の隅にあり、それが常に心の片隅にひっかかっているような心地だった。

ようやく二ヶ月が経ち、大腸内視鏡検査前夜がやってきた。

夜の早くから食べるのをやめ（数日前から簡単な食事制限あり）、寝る前には、紙袋から腸管洗浄液キットを取り出し、手順を読み込むと、前日用にと処方されていた下剤を飲み、眠りについた。

翌朝、私は時間通りに腸管洗浄液キットを置いたリビングのテーブルについた。手順書には、病院の人が細かく時間設定をしてくれていて、腸管洗浄液約二リットルを二時間かけて、コップ一杯ずつ飲み干さなければならない。そしてそのタイムテーブルの中でトイレを往復するわけである。

数分の違いぐらい問題なかったと思うのだが、何しろはじめての体験なので、その通りにしなければという謎のプレッシャーがあり、ピリピリしながら、まだ粉状の腸管洗浄液が入ったキットに水を入れ、がしがしと左右に振り、液を作製。

味は、飲みにくいとは聞いていたが、確かにこれは飲みにくい。梅ジュースの味に近いとも言われていたのだが、風味や奥行きのない、間違って塩を入れすぎた梅ジュースといえばいいのだろうか。これをこれから二リットル分も飲まないといけないのかと思ったら、気が滅入った。しかも、私は最初にしばらく吐き気があり、この波を越えるまではしんどかった。最後まで味に慣れることもないまま、なんとか最後の一杯を飲み干し、私の腸も空っぽになり、いざ病院へと向かった。

(ちなみに、後日、これまで一度も大腸癌検診を受けたことがないと、七十も過ぎているのに言い出し、その前の手術のこともあったので慌てた私に今すぐ大腸内視鏡検査を受けるよう諭され、検査を受けた母は、この梅ジュースをおいしい、全然大丈夫、と余裕で飲んでいた)

さて、この病院がなぜ混んでいて、二ヶ月待ちだったかというと、個人病院なので先生が一人しかいないからだ。そのせいで待ち時間も長い。とはいえ、ネットの評判を見るにつけても、名医なのだろうと察せられた。ただ、忙しいのだと思うのだが、一回目の問診の際も早口で説明がよくわからないところがあり、ちょっとつっけんどんな印象があった。

なので、内心少し人柄を不安視していたのだが、この先生は、大腸内視鏡検査がはじまり、私の腸にカメラが入り、すぐ横の壁に内視鏡の映像が映されると、とたんに話し方がゆっくり、穏やかになり、説明もわかりやすくなった。患者が最も不安なタイミングをわかっているのだろう。大腸内をカメラが移動していくと、小さなポリープが一つ見つかり、すぐにその場で切除してくれた（私は痛いのが嫌だったので、麻酔を軽くかけてもらっていた）。

私が何に感動したかといえば、小腸である。白米によく似た珊瑚礁というか、つやつやのリゾットというか、柔らかそうな白い突起が敷き詰められたそこは、あまりに魅惑的で、うっとりしてしまった。検査はあっという間に終わり、特に痛いと感じる瞬間もなかった。

検査後、説明のために診察室に現れた先生は、また早口モードに戻っており、この人は人の体内に内視鏡がある時だけ優しいんだなとしみじみした。これから一年に一度検査しないといけないのはつらいが、一年に一度あの小腸が見られるのならまあいいかと思いながら、家路についた。

運命のペンとノート

本当にささいなことなのだが、個人的には画期的なことが、時々起こる。

ここ最近一番うれしかったそれは、よく書けるボールペンが見つかったことである。私は左利きなのだが、そうなると、文房具選びがなかなか難しい。自分でもどうかと思うのだが、文房具選びが難しい理由が左利きであることに、私は三十代後半で気づいた。それまでは、なんで書きにくいんだろう、とぼんやり不思議に思っていただけだった。

たとえば、世間で書きやすいと評判のボールペンがあったとする。私も買ってみるのだが、どうもしっくりこず、すぐに色が出なくなったりする。

あれー、と思いつつ、でも、これは書きやすいペンなのだからと、そのまま使い続けたりするものの、字がカスカスでどうにもならず、結局あきらめることになる。この一連の流れを何度繰り返しただろう。私はメモをたくさん取る人間であるため、書きにくい、書きにくい、と日常的にストレスを感じ続けていた。

その原因が、自分が左利きであり、ペンの持ち方が世間で想定されているものと違うからだとわかったのは（左利きでも「一般的」なペンの持ち方ができる人は、そんなことはないのかもしれない）、左利きあるあるなどをＳＮＳで読んだり、万年筆に左利き用、右利き用があることを知ったりして、それはつまり特に利き手で分けられていないペンは、右利きを想定されているってことなのかなと、なんとなくそれまで不可解に思っていたことが腑に落ちたからだ（なぜ左利きの人がペンの持ち方に難儀するかは、ご興味ある方は、ネットで検索してみてください）。また、左利きが人口の一〇パーセントしかいないことも、最近まで知らなかったので、そんなに少なかったのかと驚いた。

そうして、いろいろ腑に落ちた結果、書きやすいと言われているからといってすぐに飛びつくことは控えるようになったのだけれど、ある時、使っているペンが相変わらず書きにくいことにいよいよしびれを切らし、いい加減書きやすいペンに出会いたいと、文房具のお店で、これまで使ったことのない黒いボールペンを数本、試しに買ってみた。

その中にあったのである、私の運命のペンが。

それは、パイロットのジュースというシリーズで、コンビニで見かけることもあるくらいのペンだ。特にめずらしいペンではない。左利きが書きやすいようにつくられているわけでもないはずなのだが、これがもう私には、これまでの日々はなんだったんだと思うほど書きやすく、私はメモを取る時のストレスからほぼ解放されたのだった。

こうなると、こわいのが、このペンが廃番になることである。

私は気が早いので、このペン書きやすい！と思った次の瞬間には、廃番を恐れていた。外出時、文房具コーナーを見かけるやいなや近づいて、ジュースのボールペン本体や替え芯をチェックするものの、意外とこのペンを置いていないお店も少なくない。不安にかられ、とりあえず、黒色の替え芯十本セットをネット注文し、心を落ち着けた。その後も、どこかで見かけると、ついつい買ってしまう。不安で。

もう一つ、文房具ジャンルで画期的だったのは、ソフトリングの台頭だ。

ノートというものにおいて、私が最も苦手としていたのはリングノートだった。書いていると、ノートの中央にある鉄製のリング部分が手にあたって痛いし、どう考えても燃えないゴミであるため、処分するたびに、ノートから切り離して別々にしないといけないのが厄介だった。

前述の通り、私は何かとメモを取る人間なのだが、歴代の手帳（だいたい一年に一、二冊使用）をある時にざっと見返してみたら、「リングノートはもう買ってはいけない」「リングノートの嫌さ」などなど、リングノートへのにくしみが数カ所綴られているのが見つかったぐらいだ。どうやら私はリングノートを使っては嫌だなと感じ、その思いをメモり、しかしその後すぐに忘れ、時が経ってまたリングノートを使ってはまた嫌だなと感じ、その思いをメモる、を繰り返しているようだった。

そんな風だったため、リングの部分が柔らかい素材でつくられているソフトリングのノートをお店ではじめて見かけた時は、このノートの開発意図が瞬間的に理解でき、心の中でソフトリングを思いついたデザイナーさんに無限の拍手を送った。リングノートといえば、ノートを折り返すことができるのが最大の利点だろう。持ち歩いて、外で何かを書き留めたりする際は便利だ。

ただ私は、メモ用の手帳はモレスキンなどのカバーがしっかりしたものを使っているし、小説を書いている際に細かくいろいろ書き留めるノートは折り返す必要が特にない。つまり、よく考えると、ソフトリングのノートはそんなに必要なかったのだが、感動していた私の手は、必要かどうかの前にもうすでにノートを色違いで数冊つかんでいた。キャンパスのパステルの色のノートだ。

そのノートを現在何に使っているかというと、韓国語のクラス用のノートとして愛用している。春期と秋期でノートを新調するので、習いはじめて二年目の今は、すでに三冊目だ。ソフトリングだと、書いている時に手にあたることもなく、リングノートであることを忘れるくらい、ストレスが皆無だ。見返したり、暗記をしたりすることも多いので、ノートを折り返すことができるのも、地味に役に立っている。

最近もお店で新しいソフトリングのノートを見かけ、取材の時使いやすそうだからと自分に言い訳をして買ってしまった。取材の予定もないのに。

副反応のシルバニア

九月の終わり頃、二回目のコロナワクチンを接種する用事があった私は、予約の数時間前に家を出て、いそいそとヨドバシカメラに向かった。接種会場の近くにヨドバシカメラがあったので、どちらかというと、こっちがメインぐらいの勢いで、私はヨドバシカメラに行きたかったのだ。

まず、私がその頃最も欲していたのが、エアポッズプロのケースだった。

アップル製品の中でこれだけは手を出さずにいきたいと思っていたのに（高えよ！と思っていた）、マスク生活があまりにも長引くもので、とうとうエアポッズプロを注文してしまった。それまでのワイヤレスイヤフォンはコードがついていたので、ちょくちょくマスクに引っかかり、面倒だったのだ。実際にエアポッズプロを使ってみると、その面倒さから一瞬で解放され、私はさっさとこれなしではいられない体になってしまった。

困ったのは、ケース型の充電器が小さいし、キーホルダーなどをくっつける穴もないし、いつ失くしてもおかしくない、と怯えてしまうことだった。私失くしそう、すごく失くしそう、とケースを見ていると、それぱかり考えてしまう。私の一年くらい前からエアポッズデビューしていたパートナー担当も、あれ、ない、ないと何度も探し回っていた。

これぱっかりは別にケースが必要だろうとネットで検索を開始したのだが、これ！と気に入るものがなかなか見つからない。埃がつきやすい素材のものは面倒だし、蓋が開くかたちのケースがデザイン上難しいようで、上の部分に帽子のようにかぶせるものが多く、それだと外れやすいとのレビューも散見された。ネットでの買い物は便利だけど、場合によってはイメージが違ったり、明らかにつくりが雑だったりするものが届くこともあるので、パソコンを前になかなか心が決まらず、ケース一つにこんなに時間を割いてどうする、と自分でも呆れてしまうくらいだった。迷ったまま二ヶ月以上が経過していた。

なので、ワクチンの接種会場の近くにヨドバシカメラがあることに気づいた私は、この日に絶対エアポッズプロのケースを買う、と意気込んでいた。

広大なフロアでふらふらと迷った後（この間にサンリオのキャラクター、ポチャッコの、渋めのデザインのアイフォンケースを見つけ、すぐに購入を決めた）、店員さんにエアポッズのケースの売り場を教えてもらった私は、いざ、ケースの並ぶ棚の前に立った。さすがに商品数が多く、ここなら欲しいものが見つかるだろうと安心したのだが、一つ一つ、じっくりとケースと対峙していった結果、どうも決め手に欠けた。

私の要望は、丈夫で、蓋の部分が単独で外れないよう下の本体とくっついていて、埃もつきにくく、カラビナをつける場所があったりカラビナがもう付属したりしている場合も、つける場所やカラビナが丈夫で、できたら好きなデザインと色がいい、BTSのキャラクターBT21だったらなおいい、というものだったのだが、丈夫、の部分でかなり限られたし、エアポッズプロはBT21のケースがこのお店では売られていなかった。

エアポッズの別売りケースは、ケース史上いいものを見つけるのがかなり難しいのではないかと感じながら、諦めモードでもう一度棚を見ていたところ、ラメの入った透明ピンクのケースが目に入った。カラビナもピンク色だ。ピンクは別に嫌いではないのだが、普段積極的に選ぶ色ではないので躊躇しつつ（私はペンネームを「青子」にしたくらい幼少期より青色を愛する者であり、基本的に青色、水色、ミントグリーンなど寒色系から選びがちで、BTSを好きになってからは、そこに紫色が加わった）、でも、このケースがかなり理想に近いのである。ケース本体もカラビナも丈夫で、デザインで余計に感じるところがなく、上下もくっついている。一か八かこれにしてみようと箱を手に取り、ようやく数ヶ月にわたったエアポッズプロのケース探しが終了した。

まだまだ予約まで時間があったので、子どものおもちゃでも見るか、とおもちゃ売り場に足を踏み入れたのだが、私はここで、何十年かぶりにシルバニアファミリーに夢中になってしまった。

まず、ハロウィンが近かったので、ハロウィン限定の商品があったのが、ハロウィンとお化け好きの私の心をがちっとつかんだ。特に子猫のホーンテッドハウス（おばけ屋敷）がかわいくて、これは絶対買いたいといきり立ったのだが、いかんせん今から予防接種なので、シルバニアファミリーの大きい袋を提げていくのもなんだし、接種後にすぐ体調が悪くなった時に困るだろうし、この日は見ていくだけにした。

それにしても、今のシルバニアファミリーは、当たり前だけど昔に比べて進化していて、欲しいと思うものがたくさんあった。ハリネズミのキャンプのセットなど、現在二歳の子どもの人でも遊べそうだ。

トミカのコーナーもあり、明日からワクチンの副反応で寝込むかもしれないので、その間すまん、の意味合いを込めて（家には私含めて大人が三人いるので、一人が寝込んでも大丈夫な状態ではある）、最近、消防車や救急車を見たり、サイレンが聞こえてきたりすると、「パーポー、パーポー」と教えてくれる子どもの人のために、消防車と救急車のミニカーを選んだ。さらに、愛用のボールペンの替え芯を、その場にあった数本すべてをさらい、レジに向かった。久しぶりにネットじゃなくて、実店舗で必要だったものをじっくり選ぶことができて、かなり充実した時間を過ごすことができた。

エアポッズプロのケースは予想通り丈夫で大満足。アイフォンケースのポチャッコもかわいい。子どもの人もミニカーをだいぶ気に入り、常に傍に置くように。そして、ワクチン接種の翌日、案の定熱が三十九度まで上がった私は、熱に浮かされ何を思ったか、布団の中でシルバニアファミリーのセットを三つネット注文してしまったのだが、これも副反応の一つだと思うことにした。

マーチンの復活

この連載の一回目で、靴はスリッポンが楽と書いたのだけど、私は妊娠中から靴紐のついた靴を履かなくなった。靴紐がほどけたら結び直すのも一苦労だし、紐を踏んづけて転んだりすることを防ぎたかった。足のサイズの小さい友人が言うところでは、ぴったりくるサイズの靴が少ないので、靴紐はマストであるらしいが、足のサイズが二三・五の私は、靴紐がないと困るということもない。常にヴァンズのスリッポンを愛用し、穴が空いたり、履きつぶすたびに、また同じスリッポンを買っていた。

ちなみに、別の友人がある時、めずらしい柄のヴァンズのスリッポンを履いていたので、どこで買ったのか聞いたところ、彼女も私とまったく同じ足のサイズで、スリッポンを愛用していることがわかった。この靴の唯一の欠点は、日本だとなかなかいろんな柄を見つけることができないことだと彼女は言い、私も深くうなずいた。その限定の素敵な柄のスリッポンを、これはもうまた出会うことはないだろうと、穴が開かないように、大切に履いているそうだ。私も古着屋で見つけた南国の花の柄のものを持っているが、それ以外は、量販店で常に売られている、黒やベージュの、無地のものばかり履いていた。

　面倒くさがりなので、妊娠する前も主にスリッポンを履いていた私だったが、以前はブーツもわりと履いていた。サンダースやチエミハラのブーツも持っているけれど、最も常用していたのは、ドクターマーチンのエイトホールのブーツだった。エイトホールは、靴紐をくぐらせる穴が八段分ある、との意味で、短すぎず、長すぎず、いい具合だ。

　マーチンのブーツは、アメリカの高校に通っていた頃に履くようになった。その頃、花柄のマーチンのブーツが売られていて、欲しいなとずっと思いながらも、なんとなく勇気が出ずに買わずじまいだったことをいまだに後悔している。かわりにパープルなど変わった色のものなどを古着屋で見つけて持っていたのだけど、年を重ねるにつれ、いつの間にか数足のマーチンのブーツはすべて手放してしまった。

　三十代になってから、大人になってから履くマーチンもいいんじゃないかとある時思い、新しくブラックのエイトホールのブーツを買った。妊娠して、履かなくなったのはこのマーチンブーツだ。

　出産後も、待つ、という動詞がまだ体内に搭載されていない子どもの人と外出する際に、やはり靴紐のある靴は不便だったので、相変わらず履かなかった。靴紐結んでる場合じゃねえ！ 靴紐踏んで転んでる場合じゃねえ！ と逆ギレ気味なのが基本の状態だった。玄関に放置されたマーチンブーツは猫の毛がくっつきまくり、出かける時に横目でちらっと見ては、この先このブーツをまた履く自分が想像できず、引っ越しの際にもういっそ処分しようかと考えたりもしたのだけど、セカンドハンドのお店などに持っていく時間の余裕もなく、なし崩し的に引っ越し先についてきて、さっさと靴箱にしまい込まれた。

それが、去年の秋の終わり頃、なんとなく入ったセレクトショップでマーチンのチェルシーブーツに出会った。マーチンといえば、黄色のステッチが有名だけど、それはステッチまで真っ黒のサイドゴアブーツで、使いやすそうだった。気に入ったものの、その店では私のサイズは売り切れだったので、思い立った私は、その足で電車に乗り、最寄りのマーチンのお店に直行。たどり着いたお店には、白いステッチのチェルシーブーツもあったけれど、どっちも履いてみた結果、真っ黒のほうにした。スリッポン以外の靴を買うのは、かなり久しぶりのことだった。

さて、お会計をしようとレジカウンターに向かうと、ちょうどカウンターのすぐ横の棚に、靴紐が売られていた。そういえば、家の靴箱で眠っているエイトホールのブーツは、靴紐が古くなって捨ててしまったので、靴紐がない状態だったと思い出し、近づいてみると、黒色の他にも、いろんな色の靴紐が売られていた。

私の目を惹いたのは、青色と深緑色の靴紐で、このかわいい靴紐をつけて、またあのマーチンのブーツが履きたいなと素直に思った。なので、その二色の靴紐も買うことにした。その後に美容院に行ったのだが、マーチンの箱を見たお店の二十代の女性たちが、わ、マーチン買ったんですか、どんなブーツですか、いいですね！ と喜んでくれ、うれしかった。

それから数日後、新しく買ったマーチンのサイドゴアのブーツとエイトホールのブーツ、そして他のブランドの革靴を玄関に勢揃いさせた私は、これも数年ぶりに引っ張り出した、ミンクオイルなどの靴のメンテグッズを並べて、一足ずつ磨いていった。新しいサイドゴアブーツは最後にすることにして、まずは練習がてら、エイトホールのブーツの汚れや埃を払い、ミンクオイルを塗り込み、つやつやにした。その調子で残りの靴もつやつやにし、サイドゴアブーツでフィニッシュ。再び靴箱に靴を戻してすっきりした玄関で、エイトホールのブーツに、深緑色の靴紐を通していった。ブーツの靴紐の通し方の動画をスマートフォンでちらちら見ながら。

何回か試行錯誤した後、きれいに靴紐を通すことに成功すると、猫の毛まみれだったブーツは見違えるようになり、いつでもこれを履いて出かけられる状態になった。玄関に置かれたそのブーツを見て、私の産後がようやく終わったように感じた。青色の靴紐に替える日も楽しみ。

（ちなみに、靴紐がほどけやすい時は、イアン結びを試してほしい。私は幼稚園でちょうちょ結びじゃなくて、イアン結びを習いたかった）

そういえば、数年前、ロンドンのテートモダンで、七十代か八十代ぐらいの女性が、マーチンのブーツを履いているのを見たことがある。私もそれくらい長く、マーチンを履いていけたらいいなと思う。

バチェロレッテに魅せられて

私が自分でも不思議になるくらい真剣に見てしまう番組に、「バチェラー」と「バチェロレッテ」シリーズがある。

きっかけは、「バチェロレッテ」のシーズン1が配信された年に、意外な結末が話題になっていたことだ。ご存じの通り、「バチェラー」は高学歴、高収入、実家が太い、ハンサムなどの〝ハイスペック〟男性が、二十人前後の女性の候補者の中から結婚相手を探すリアリティーショーであり、その反転版「バチェロレッテ」では女性が男性を選ぶ。

世界各国でこの番組はつくられているが、そもそも男性が女性を選ぶ、という構図が前時代的だと批判されることも多い。特に日本はあらゆる差別や偏見に対する認識が甘いまま番組をつくっているなと感じることも少なくなく、普段からテレビを見ないようにしていたこともあり、「バチェラー」にはそれまで興味がなかった。それに、「バチェロレッテ」も女性が男性を選ぶ側になったところで構造は変わらないので、不安はあったのだが、シーズン1を見てみることにした。結果、私は夢中で見てしまった。

まず、シーズン1のバチェロレッテである福田萌子さんが、想像していたキャラクターと違い、すごく面白かった。寛容で優しい人でありながら、同時にはっきりとしたプリンシプル（その人をその人たらしめる信条のようなもの）を有していて、彼女にとってのNG事項に男性たちが抵触した瞬間、表情に影がさす様が癖になる。汚い言葉を使い、有無を言わさず落とされる者、彼女の質問に的を射ない返答をし、とことんまで詰められ、底の浅さが露呈し落とされる者、などなど、しっかりとした彼女の考え方に裏打ちされた選択が小気味よく、笑ってしまう。

スーツのテーラーをしている男性が参加していて、彼は薄着の彼女にスーツのジャケットをかけてあげたりと紳士的で、福田さん的にも印象がよさそうだったのだが、彼女は質問の匠《たくみ》なので、彼はスーツを愛しており、スーツを有名にするのが夢でこの番組に出演、真実の愛を探しているわけではない、との本音をカジュアルな雰囲気の中で聞き出してしまい、結局その人は落とされることになる。その時の彼女の一言、「スーツのすばらしさ、もっともっと、伝えていってください」には、なんの番組だよ、これ、と爆笑。

アスリート並みの身体能力がある彼女の提案で、みんなで運動をするのだが、予想外に過酷なメニューに男性たちがボロボロになるなか、同じメニューを軽々とこなし、「つらい時が成長する時だよ！　レッツエンジョイ！」と笑顔で言い放つ彼女は、もはや伝説である。最後の選択が有名ではあるのだけど、福田さんは常に面白い、最高のホストであり、彼女にホストを任せたことは、「バチェロレッテ」シーズン1の番組制作者が永遠に誇っていいことである。

せっかくなので「バチェラー」のシーズン1も見てみたのだが、バチェラーにいまいち福田さんのようなプリンシプルは感じられなかった。番組の演出的にも、女性同士の諍《いさか》いを煽られているところは明らかで、女性もそれぞれのキャラを強調して〝魅せ〟に行っている。ただ、その〝魅せ〟はやはり面白いし、カクテルパーティーではつきばきにドレスアップし、私服でもおしゃれをした彼女たちの〝魅せ〟は、単純に見ていて素敵だなとうっとりしてしまう。また、番組に求められているキャラを超え、女性同士サポートし合う瞬間も映り込むので、そこが私的には肝だと感じられ、「バチェラー」も私は楽しめるな、という結論に達した。

その後忙しくて、すぐに「バチェラー」のシーズン2と3を見ることはできなかったのだが、そうこうするうちにシーズン4が配信開始し、再び「バチェラー」熱が復活。一週間ごとに更新されるシーズン4の新エピソードの配信を待つ間にシーズン2と3を見る、元気なスケジュールですべてを消化した（私は誰が最後に選ばれるかは「バチェラー」シリーズの本質ではないと思っているので、過去作は最初にネットで把握してから見た）。

現状の「バチェラー」全シーズンを見終わって思ったのだが、シーズン1から4が配信されたわずか数年の間に、番組の、そして出演する女性たちの意識の変化が見られる。シーズン4はこれまでで一番、女性たちが仲の良さを隠さない回になっていたし、逆にいうと、仲の良いところを番組側がどんどん映像として流したということでもある。つまり、番組もこれが今は求められていると判断したのだろう。最終回まで配信された後は、女性たち自身もインタビューで、サポートし合っていた、と言っていた。

今回は友人が参加していた、スタジオMCの指原莉乃さんが、友人が脱落した際に、彼女はおしゃれな人であり、プーケットがロケ地だったために普段通りのおしゃれができなかったんだと言い募った後、「ロケ地が彼女に合ってなかった」と締めたのは、名言すぎた。この時の誰々さんが最高、などなど、細かく語り合いたくなるのが「バチェラー」「バチェロレッテ」である。

最高のホスト、福田萌子さんを最初に知ったせいで、最初はバチェラーのホストぶりになかなか納得がいかないところもあったのだが、見てしまうと、がんばったな！と各々を労《ねぎら》いたい気持ちも湧く。ホストとして必要とされるのは、参加者が個性を最大限活かせる場づくりであり、そういう意味では、男性のホストは、強いプリンシプルを発揮するよりは、女性たちの〝魅せ〟のサポート的役割を果たしたほうが、番組としては面白いのかもしれない。

ただ、ラストの展開で物議を醸したシーズン3のバチェラーの友永さんは曲者で、この人なりのプリンシプルは感じられた。友永さんは女性に強さを求めていると言い、女性たちや自分自身を、藻だらけの水場やプール、果てはスカイダイビングと、何かとすぐ飛び込ませようとするところが不思議だった。自覚があったのかはわからないが、強さを測る尺度が飛び込みって一体。いくらでも語りたい。

バスタオルとの再会

一人暮らしをしていたある頃、お風呂の後にバスタオルを使う必要はないんじゃないかとふと思った。三十代後半だったと思うのだが、それまでは体といえばバスタオルで拭くものだろうという固定観念があり、バスタオルを何枚か持っていた。ただ、バスタオルは一回使ったら細菌対策として洗濯したほうがいいとテレビで言われていたのを見たことがあり、そうなると、一回一回洗濯するのが面倒だった。洗濯機の中でもバスタオルは場所を取り、他の洗濯物が窮屈そうに見えた。

私はホテルに泊まることがあると、バスタオルとタオルについて、思いを馳せてしまう。ホテルのバスタオルはでかくてしっかりしており、中には重いバスタオルもある。毎日新しいものが数枚ずつ供給されるので、こんなになくても大丈夫だよと感じることもあった。

一度、文学イベントのために訪れていたニューヨークのホテルで、掃除しなくていい、の札を出して外出しようとしたら、廊下でちょうど清掃の女性たちが働いているところで、私を見て、掃除はいいの？と声をかけてくれた。

大丈夫だと答えると、「新しいタオルいる？」（英語で、fresh towelというのだが、freshはこんな時にも使うんだなと最初に聞いた時は驚いた。オーブンで焼けたばかりのクッキーもfresh cookiesになる）とタオルを出してくれようとしたので、十分あるからそれも大丈夫と断ると、「本当に？」とちょっと不思議そうだった。最近は環境に配慮して、タオル類の交換は短い滞在だとなかったりもするし、私はそれぐらいでちょうどいい。

さて、冒頭のように、ある時、これバスタオルじゃなくて、タオルで体を拭けばいいんじゃないかと急に思い立ち、それからはタオルで体を拭くようになった。個人的にはそれで問題なく、体を拭いてタオルを洗濯機に放り込んでも主張せず、まだまだスペースもたくさんあるし、これでええやないか、と同じ白地に青い線が入ったタオルを何枚か揃えて、それで済ましていた。

だったのだが、子どもの人が生まれると、バスタオルが途端に好きになった。バスタオルはすごい。

まず、入浴の後に体を拭くのはもちろんのこと、ブランケットがわりにもなるし、外出時も一枚持っていると、ぱっと敷いたり、かけたり、拭いたりできるので、便利だ。ホテルや旅館に泊まる時も、子どもの人は肌が弱いので、枕にバスタオルをかぶせたり、シーツがわりにしたりできる。体にバスタオルを巻いて、何かのごっこ遊びをしたりもできる。小さい子どもはバスタオルに悠々と体が収まるので（〇歳児の頃など大ぶりのハンカチでさえブランケットがわりになった）、その様子もよかった。子どもの人といることで、私の生活の中で、バスタオルの可能性が一気に広がったのだ。

一日に何枚もバスタオルが必要になるので、買い足さなくては回らない状況になり、私はネットを徘徊し、どのバスタオルがいいか探すことにした。

バスタオルはわりと高いので、何枚も買うとなると、なかなか厳しいものがある。そんな中見つけたのが、タオル工場が残糸を使ってつくっているバスタオルだった。これが五枚セットで二千五百円ほどなのである。青いストライプのタオルの写真が載っており、このような感じのタオルで、薄い色合いや濃い色合いの商品があり、色が選べないと書いてあった。どれが何枚入るかもランダムであるらしい。私は別にどんな色が来てもいいからと、とりあえず一度注文してみた。言うても、五枚の配分を少しは考えるだろう、と内心たかを括《くく》っていたところもある。

だが、実際届いてみると、色は本当にランダムで機械的に五枚がパックされていることが伝わってくる内容になっていた。黄色とピンク系の色が混ざったタオルが四枚と、もう色は忘れてしまったがまったく違う色味のタオルが一枚。なるほどな、としばらく静かな気持ちで眺めたものの、やはりこのバスタオルがよかったのである。丈夫でふかふかしているし、軽い気持ちでじゃんじゃん使える。しかも、私はあんまり詳しくないものの、過去に買った環境に配慮する商品に何度かついているのを見たことがある「OEKO-TEX® STANDARD 100」の認証マークもついている。「残りものには『エコ』がある！」と書かれたタグによると、残糸を使うことで繊維系廃棄物を減らすことができるそうだ。

もうバスタオルはここで買おうと決めた私は、その後二回ほど注文した。十五枚になると、青系のタオル、灰色系のタオル、ピンク系のタオルと色もいろいろ増えてきて、色のお祭りみたいになって、楽しい。

（商品のページには、色は選べないとめちゃくちゃきっちり書いてあるのだが、商品レビューを見ると、写真は青ばかりだったから注文したのに違う色が入っていた、電話をして交換を約束してもらったのに再び届いたらまた違う色が入っていた、私は青色だから注文したんだと怒って星一つにしている人がいて、ちょっと落ち着いてほしくなった）

くるむ、という動作の素敵さが、風呂上がりの子どもの人をバスタオルで拭いてあげるようになって、よくわかるようになった。子どものサイズ感からするとタオルで十分な大きさではあるが、ここはバスタオルじゃないと、くるむことができない。ふわふわした大きなタオルに子どもの人をくるむとこちらもなんだか安心できるし、くるまれる感覚は本人にとっても悪いものではないだろうと、様子を見ていて思う。子どもの人は少し身長が伸び、以前はバスタオルでくるむと体全体がすべて隠れてローブのようになっていたが、今ではふくらはぎが見えている。それでもまだくるむことができる。

逆に大人の私は自分のことをくるむことに相変わらず興味がなく、今も風呂上がりにタオルを使って体を拭いている。残糸を使ったフェイスタオルのシリーズがあったので、そっちも二度ほど注文し、私はそれを使っている。

敏感肌の冒険

以前も書いたと思うのだが、私は小さな頃からザ・敏感肌で、アトピーもあるので、昔は特に基礎化粧品で使えるものが本当に少なかった。だいたいいつも同じブランドの製品を使っていて、気分転換に他のブランドのものを使ってみたいなあと思っても、気軽にトライすることができなかった。敏感肌用と謳われていても、いざ使ってみると、湿疹ができたり、顔が赤くなったりと、私の肌には合っていないケースも少なくなかった。

とはいえ、敏感肌歴も長いと、荒れた時の対策も慣れたものなので、使ってみたくなったら使ってみる。荒れたら荒れたで、治すまでだ。それよりも、自分が使える製品に一つでも多く出会いたい。そんな気持ちで基礎化粧品と向き合ってきたのだが、昨年、私の敏感肌人生にライフチェンジャーが現れた。

韓国の敏感肌用の基礎化粧品ブランドの存在を知ったのだ。きっかけは、韓国の有名なコスメユーチューバー、会社員Jちゃんによる、肌が荒れた時の彼女のルーティーンの動画を見たことである。彼女は以前からアトピーがあることをよく口にしていて、敏感肌用じゃない化粧品や、私の感覚からすると強すぎる化粧品に彼女が果敢にトライし、肌が荒れながらも美容系ユーチューバーをしていることにはじめは驚いたけど、同時に勇気も湧いた。そして、肌が赤く、荒れた状態から、ホームケアでどこまで治せるかを公開した動画には、目から鱗が落ちた。

動画の中で彼女は、そのかなりよくない状態の肌に、鎮静パッドやアンプル、フェイスマスク、クリームなどを次々とのせていく。敏感肌の私は、それまでフェイスマスクやアンプルなどは強い肌の人しか使えないと思っていて、ほとんど使ったことがなかったし、実際に過去に使った時は成分が強すぎて肌が荒れた記憶がある。でも彼女がそれらのアイテムを使って、刺激がまったくない、と言っているのを目にして、これは私でも使えるのでは、とピンときた。

早速動画で紹介されていた、ダーマトリーの鎮静パッドと、リアルバリアのシカリリーフクリームを注文してみた。その過程で、韓国には敏感肌に特化したブランドがいくつもあることを知り、エストラというブランドのアトバリア365シリーズもよさそうだったので、乳液とクリームも注文した。韓国の男性アイドルが使用していることで話題になっていたアヌアのドクダミ化粧水も買った。どれも私の大敵、アルコールが処方されていない。

ちなみに私がその時注文し、その後も注文し続けているのは、ネットショッピングサイトQoo10にあるそれらのブランドの公式ショップである。ちょうどその時メガ割（年に何度か二〇パーセントオフのクーポンが配られるお祭り。ある頃から、SNSを見ていると、女性たちが「メガ割だ！」と興奮気味に書き込んでいるのに時々出くわすようになり、その存在を知った）だったこともあり、どれもただでさえ手頃な値段なのに、さらに安くなり、実験的な意味合いが強い買い物だったのでとてもありがたかった。

さて、到着した製品を次々と使ってみた私は、心の中で歓喜の舞いを繰り返すことになった。私の肌でもやはり刺激はなく、何の問題もなく使えたのだ（ただ、肌の状態は人によって違うので、私は大丈夫でも、刺激を感じる人もいるだろう。あと自分の肌でも大丈夫な時と、大丈夫じゃない時がある）。特にうれしかったのは、リアルバリアでクリームとともに買ったシカリリーフセラムだ。この製品も刺激を感じずに使うことができたのだが、私、自分の人生の中で、セラムとかアンプルとか、使うことができるようになると思っていなかった！

この頃の私は、特にクリーム迷子だった。ベタベタせず、あっさりしすぎない、適度な保湿感のあるクリームがなかなか見つからなかったのだ。でも、アトバリア36

5のクリームはすぐに私の中で殿堂入りになったし、他にも敏感肌用のクリームにいろいろ出会えたおかげで、急にクリーム長者になってしまった。敏感肌としては、冒険しても、調子が悪くなったら戻れる場所がどれだけあるかが肝なので、これは本当に安心できることだった。

また、エストラやリアルバリア、アヌアなどのQoo10の公式ショップは、買うと必ず試供品などのおまけをつけてくれるので、新たな製品にトライすることができ、それでまた自分にとっての定番品が増えたりもする。おまけで入っていたアヌアのフェイスマスクの気持ちよさに感動し、それも今ではメガ割がはじまった瞬間、とりあえず注文するアイテムの一つである（人気なので、出遅れると品切れになってしまう）。

また、hince、Laka、Dinto（古典文学がテーマになっているので、『若草物語』の作者オルコットの名前のついたアイシャドウパレットやチーク、ヴァージニア・ウルフをイメージしたリップティントなど、買う以外の選択肢がないアイテムだらけ）といったメイクブランドの公式ショップで買い物することも多いのだが、以前hinceで買い物をして届いた箱を開けたら、注文していないグロスが入っていた。入れ間違えたのかなと思い、どうしようと考えていたら、その後到着したhinceの箱にまた違う色のグロスが入っていた。それでどうやらおまけらしいとわかったのだけど、何の説明もなく、恩着せがましくもなく、普通に売られている商品を荷物に入れてくる心意気にグッときた。

定番品ができたことでさらなるチャレンジが可能になった最近は、メガ割のたびに、敏感肌用として開発された新しい製品を注文してみることにしている。それで買ってみたセリマックスのデュアルバリアシリーズもいい感じだ。「バリア」と製品に書いてあると、私の味方である可能性が高い。

さらに最近は、かずのすけさんという、アトピー持ちの美容化学者さんのレコメンドも参考にしており、私が使うことのできるアイテムがまたまた増え、かなり頼もしいことになっている。自分の知識を惜しみなく与えてくれる人たちのおかげで、本当に助かっている。

パオことぐるんぱ

もうだいぶ前に、絵本『ぐるんぱのようちえん』に出てくるゾウのぐるんぱのクッションを買った。その水色のクッションはもこもこした素材で、長方形のかたちをしていて、灰色のぐるんぱの体全体が縫いつけられているのだけど、耳だけ立体になっている。同じ頃にぐるんぱのぬいぐるみも発売されていて、そっちにしようか悩んだのだけど、なんとなくクッションのほうが気に入って、そっちを買った。以来、ぐるんぱのクッションは私の部屋にあった。かわいいので、あまり気軽に使う気になれず、どちらかといえば観賞用に近く、汚れもほとんどないままだった。

さて、子どもの人が生まれて半年ほど経った頃、私はふと私のぐるんぱのクッションを子どもの人の生活の中にまぎれ込ませてみた。どういう反応をするかなと思ったのだ。

ちなみに、私はぬいぐるみが好きな人間で、普段から自分用にぬいぐるみを買っていた。海外の書店に行くと、絵本売り場に絵本のキャラクターのぬいぐるみが必ずあるので、そこでドラゴンやフクロウのぬいぐるみを買っては、スーツケースに詰めて日本に持って帰った。

フクロウを買った時は、店員さんに「プレゼントですか？」と聞かれ、「そうです」と迷いなく答えたが、頭の中で「私への」をつけ足していた。それらのぬいぐるみも、ぐるんぱのクッションを投入する前から、子どもの人のおもちゃの中にまぎれ込ませていたのだが、そっちは時々抱えたり振り回したりするものの、別段気に入っている様子はなかった。

だが、ぐるんぱのクッションを、子どもの人はあっという間に気に入った。

ぐるんぱが現れてからというもの、寝る時は必ずこのクッションと一緒で、枕として使用。当時は今よりももっと小さかったので、クッションに体全体で抱きつき、ぐるぐる転げ回ったりしていた。このクッションは、子どもの人にとって、はじめてのお気に入りと言ってもいいものだった。

それからというもの、このクッションはだいたいいつも子どもの人とともにあり、母の家に行く時も、数日の旅行に出かける時も、忘れずに持っていった。子どもの人と遠出をするとおむつや飲み物や食べ物、着替えや飽きさせないための絵本やおもちゃなど、何かと大荷物になる。そこにさらにクッションを足さなくてはならないのだが、そこまで大きいものでもないので、助かった、と内心私はホッとしていた。

今も時々思い出すのは、数年前にイベントでご一緒した方のことだ。彼女は当時二歳のお子さんを連れてきていて、その子のお気に入りが、巨大な白いクマのぬいぐるみだったのだ。しかも、イベントが行われたのはイギリスだった。私は最初、イギリスで買ったのかなと思ったのだが、聞いたところ、日本から持ってきたとのことで、彼女たちは常にそのクマを抱えて行動していた。印象的だった。

ぐるんぱのクッションは寝る時にあると落ち着いて眠ってくれるし、ないならないで大丈夫な時もある。大人としては子どもの人がぐずった時のお守りのようなところもあった。自分で自由に動ける行動範囲が広がると、この部屋でゆっくりしたい、お昼寝がしたい、と子どもの人はクッションを抱えて家の中を移動するようになった。

さらにクッションとの関係が深まったのは、ゾウがわかるようになってからだ。前は動物園に連れていってゾウを見せても、いまいちよくわかっていなかったのだが、動物園に何度も行ったり、ゾウが出てくる『おさるのジョージ』の映画を見たりしているうちにゾウを理解し、ゾウを見ると、「パオーン」と鳴き声の真似をするようになった。

この段階で、ぐるんぱのクッションもゾウであることがわかった子どもの人は、クッションを「パオ」と呼ぶようになった。クッションが見つからないと、「パオない、パオない」と我々に訴えたり、クッションが必要な時は、「パオ！」と叫んだりする。また、名付けたことで愛着が増したのか、近所に散歩や買い物に出る時も「パオ」を連れていきたがるようになった。保育園のオリエンテーションの日も、家から出かける頃にちょうど眠くなっていたため、当たり前のように「パオ」を抱えて保育園までベビーカーに揺られていた。

ベビーカーに乗っている時はいいのだが、問題は、ベビーカーに乗っていない時に、地面の上や土足の床の上などにべたっとクッションを置いてしまうことだ。新幹線に乗った時も、駅までベビーカーで「パオ」をぎゅっと抱え、車内では座席に持ち込んで、リラックスタイムを演出していた。こうなると洗濯したいわけだけど、なかなかタイミングが測れない。じゃあ一緒に洗おうとお風呂で子どもの人と「パオ」を洗った後も、まだ濡れているのにすぐいつも通り抱えようとしたりする。それに、クッションを持ち歩くわけにもいかないことも今後あるだろうし、すでにボロボロになってきた。

ここで私が思いついたのは、ぐるんぱの小さなぬいぐるみを買って、それを子どもの人の前でクッションからぱっと小さな「パオ」が出てきたように見せ、外に出かける時などは「パオ」は小さくなる設定でいけないかな、とファンタジー頼みするものである。

早速、作戦を実行しようと、本屋さんでぐるんぱのぬいぐるみと、とうとう『ぐるんぱのようちえん』の絵本を買った。家に帰ってから、クッションの前に子どもの人を呼び、ぱっとクッションからぬいぐるみが出てきたように見せると、子どもの人は「パオ！」とぬいぐるみを抱きかかえた。さらに、「ほーら、パオのお話だよ」と絵本を出すと、わかったらしく、今すぐ読めと私に指示。私は絵本の中の「ぐるんぱ」をすべて「パオ」に変えて読んだ。数年経って、ようやくクッションと絵本がつながった。

やはり一番の存在はクッションだけれど、外出時には小さな「パオ」、という設定は一応成功し、心の中でガッツポーズの私である。

必要なものですんで！

私は幼い頃から絵本や児童書が好きで、大人になっても読んだり、買ったりしていた。

ある頃から、児童文学のキャラクターや作品をモチーフにしたグッズや服がたくさんつくられるようになって、子ども用のTシャツやトレーナーを見ながら、私が着たいわ！　とうらやましく眺めていた。かつて『からすのパンやさん』の新刊が四冊いっぺんに刊行された時は、全巻購入特典でトートバッグがついてくることになっていたので、それもただただ純粋に私のためだけに全巻を買って、トートバッグをもらった（そしてもったいなくて、いまだに使えていない）。

そういう趣味だったので、子どもの人が生まれてしばらくして、ちょっと待って、これってつまり、これまで買えなかったアイテムを買えるんじゃないか⁉　とハッとした。とはいえ、子どもの人が二歳ぐらいの頃までは、着ているものも何もかもがすぐに汚れたり、何がどうなっているかはっきり説明できないがとにかく全体的に、ぐじゃぐじゃ、としか言えない状態だったので、いただいたおさがりを中心に着せ、おもちゃや陶器も壊される可能性が高かったので、今はまだ買わないでおこうと理性を働かせていた。絵本もビリビリ破られたりするので、そこまで本気で集めないようにしていた。

ところが、三歳近くになると、絵本が破られることもなくなり、服も公園などで遊ぶ場合は別だが、ぐじゃぐじゃ、にならなくなった。ここらへんで、私の理性はだいぶ緩くなり、よーし、まずはそろそろ絵本を買うぞ〜、と心のリミッターが外れた状態になった。新しい絵本も古い絵本も、本屋や古本屋が目の前に現れるや、機会を逃さず、買った。

私は自分が幼い頃に好きだった絵本や児童書を大人になってから集めていて、古本屋では常に目を光らせているのだが、以前住んでいた街の駅前に本当に小さな古本屋さんがあって、そこの絵本コーナーは、私が昔読んでいた本がとてもきれいな状態で、数百円でざくざく見つかる奇跡の店だった。店と呼べるのはカウンターのみで、本はプラスチックケースに入れられ、地面の上に並べられているので、はじめにこの店ができた時はみくびっていたのだが、絵本のケースを覗《のぞ》いた瞬間、私のモードが古本屋仕様に切り替わり、光の速さで並んでいる絵本のタイトルをすべて確認し、欲しい本をさっと引き抜いていた。

今の街に引っ越して半年以上経ってから、用事があってその駅に行った時もちらっと寄ったのだが、もうその瞬間欲しい絵本が数冊見つかり、これよ、この感じよ！と脳内で誰かに訴えながら、絵本を抱えて歩いた。この時に買った一冊、ロイス・レンスキー『ちいさいしょうぼうじどうしゃ』は子どもの人のお気に入りになった。子どものようにも見える主人公のスモールさんが、いろんな仕事で活躍するシリーズで、我が家では、よし、スモールさん読もう、と親しげに呼ばれている。

私は山脇百合子さんの絵がすごく好きで、子どもの人に読んであげながら、やっぱり最高、と心の中でしみじみ感動している。彼女が挿絵を描いている絵本は膨大な数だが、機会があれば一冊でも多く買いたく思っており、子どもの人が保育園に通うことになったので、すぐに『こぶたほいくえん』を買った。

そう、保育園に通うことになったので、その準備のためにはじめて西松屋に行ったのだが、そこで私の理性は完全に崩壊した。今住んでいる街には歩いていける距離に西松屋があるのだが、それまで住んでいた街は近くになかったので、足を踏み入れたことのない私は知らなかったのだ、西松屋がこんなにもキャラクター天国であることを。必要な着替えや靴を買わないといけなかったのだが、まさかその必要なものにおさるのジョージやこぐまちゃんシリーズのイラストがついているとは。

特に『しろくまちゃんのほっとけーき』のリュックを見つけた時は、かわいすぎて気が遠くなりそうだった。お店に一つしかなかったのでとりあえず私の手中に収め、私の母がベビーカーを押していたところに戻って、子どもの人に、どうしてもこれを買いたい、買わせてほしいと懇願した。子どもの人も『しろくまちゃんのほっとけーき』が大好きなのだが、この人もこの人ですでに買ってもらいたいおもちゃを手につかんでおり、一つしか買ってもらえないと思っているので、このリュックにオーケーを出してしまうと、自分の選んだおもちゃを買ってもらえないと考えたようで、おもちゃを強く抱きかかえてぶるぶると首を振る。それとこれは別であると私が言い募ると、安心したらしく、ならばいいとクールにうなずいたので、晴れて私はそのリュックを買っていいことになった。

もちろんいくつになっても好きな絵本のグッズを持っていいのだが、さすがに私自身は子ども用のリュックは使えないので、子どもの人のおかげで買うことができ、マジでありがとうの気持ちだった。他にも、こぐまちゃんとしろくまちゃんのイラストの肌着や、きかんしゃトーマスの柄の雨合羽《あまがっぱ》など、いろいろ買い込み、保育園の準備で予想外のグッズ欲が満たされ、帰路についた。

その後も、同じく引っ越したことによって日常的に行くようになったしまむらで、子ども用のパジャマを買わなくちゃなと探せば、おさるのジョージのパジャマや、こぐまちゃんとしろくまちゃんのパジャマに遭遇。必要なものですんで！と、なにかとうきうき買い物している（BT21のチミーのサンダルを見つけて、それにも抗えずかっさらい、仕事部屋用の室内ばきにしている）。そして、そろそろ大丈夫だろうと判断し、とうとうこの数年間我慢していた、『からすのパンやさん』の子ども用の、陶器の食器シリーズにも手を出してしまった。必要なものですんで！

電動自転車に乗って

勇気のいる買い物をした。

電動自転車である。後ろに子どもを乗せるシートつきのやつ。なんと十六万！　今年最も大きな買い物になるはずだ。

子どもの人が大きくなるにつれて、いつかは電動自転車を買わなければならない、とは思っていた。私が小さな頃は、母が自転車に弟と私を乗せて走っていた。よく覚えているのは、そうやって、移動図書館に本を借りに行っていたことだ。移動図書館はバスよりも小さいヴァンの内側に本棚が並んでいて、その中に入るだけで面白さがあった。

四十年近く前のことで、当たり前だが、その頃、電動自転車は一般的ではなかった。なので、母は通常の自転車の前と後ろに子どもを二人乗せて走っていたことになる。身長が一五〇センチ台の母は、当時は今と比べて細かったので、よくそんな体力と持久力があったものだと、驚いてしまう。自分がそれをできるかと考えると、できない。

現在では子どもが自転車に乗る際はヘルメット着用が義務づけられているが、あの頃はこれもまた今考えると驚いてしまうことに、弟と私はヘルメットもかぶらずに母の自転車に乗っていた。一度三人で転んだのだが、幸いなことに、特に大きな怪我はなかった。

三歳になった子どもの人は、保育園に通いはじめた。去年の夏に引っ越した新しい区は、それまでに住んでいた区に比べて生活感があり、公園や児童館などの公共施設が充実している印象があったのだが、さらに「保活」をはじめてわかったのは、圧倒的に保育園の数が多いことだった。

保育園の申し込み用紙には、希望する保育園の名前を、順位をつけて六位まで書き込む欄があったのだが、区役所の担当者は、落ちまくるので二十位くらいまで書いてください、との旨を、用紙を取りに行ったパートナーに言ったそうだ。

二十位なんて、きっと隣の駅ぐらいにはなってしまうだろう。「そんなのはいやだ！」と、即座にアンパンマンのテーマ曲の気持ちになった私は、こちらのその気持ちを伝えるために、六位までしか書かないことにした。ネットで検索したところ、区の待機児童がほとんどいなかったので、いけるんじゃないか、という予感もあり、家から近い順で、保育園の名前を書き込んでいった。

結果、六位以内の保育園に無事入れることになったのだが、ありがたかったことの一つは、子どもの人と手をつないで歩いていっても、十五分ほどで保育園や家に着くことだった。お迎えに行く時も、たとえギリギリになってしまったとしても、十分前に家を出れば間に合う。

そうして、保育園の送迎がはじまった。

最初の一ヶ月間は特に、「慣らし保育」と呼ばれていて、まずは数時間だけ保育園で過ごして、大丈夫そうならお昼ご飯まで、お昼寝後まで、と少しずつ新しい場に慣れていくことになっている。つまり、保育園に連れていっても、その後すぐまたお迎えに行かなければならないのだが、私はこの「慣らし保育」の時期が、結構好きだった。

子どもの人はこれまで、児童館など以外では、子どもたちと集団で過ごしたことがなかったので、保育園は間違いなく新しいことが詰まったびっくり箱のような経験だけれど、私にとっても新しい経験で、私のほうがおそらく不安だった。だから、数時間でまた子どもの人とすぐ会えるとわかっていることでホッとできたし、最初の頃は、行き帰りの時間に、お気に入りのぬいぐるみや電車のおもちゃを手に持って歩きたがったので、「ゾウのぐるんぱ」の小さなぬいぐるみ、パオを手に持って、桜の花びらが敷き詰められた公園をゆっくり歩きながら、お迎えに向かっている時間は、私にとって、とてもいい時間だったのだ。

ところが、その頃から数ヶ月経ち、「慣らし保育」の頃は迎えに行くと、もういっぱいいっぱいと、帰り道はただ下を向いて歩いていただけだった（石は集める）子どもの人も、すっかり余裕ができ、帰り道でも、あらゆるものに興味を持って立ち止まったり、逆にぐずったりするようになった。持って帰るものが多い日に抱っこを要求されること数回、さらにはある日、そこに小雨も加わって、傘もささずに、荷物をいくつも抱えながら、子どもの人を抱っこして地面を踏みしめるように歩いている私の横を、電動自転車に子どもたちを乗せた女性たちが何人も風のように追い抜いていくなか、もう電動自転車を買うしかないと、覚悟を決めた。

買ったのは、近くにある家電量販店だ。パナソニックのまっ黒な車体の電動自転車で、二十インチのタイヤ。お店の人が、注意事項などをとても丁寧に教えてくれたので（この量販店の人たちは、いつも適切に親切で、私の量販店のイメージが覆された）、安心できた。子ども用のドクターイエローのヘルメットもその場で一緒に買い、その後すぐに、子どもの人を乗せて、練習もした。次の日の午後、子どもの人が熱を出したと保育園から電話があり、すぐに迎えに行きますと電動自転車にまたがり、早速役に立った新しい自転車だった。

ただ、その次の日から、一週間ほど雨が続いた。特に数日はかなりの大雨で、私の住んでいる家は自転車を停めるところに屋根がないので、新しい電動自転車も雨が直撃してしまう。バッテリーを外し、濡れたらよくないところをビニール袋ですべて覆ったものの、ああ、私の新しい自転車が、私の十六万が、と何度も窓から自転車が停めてある下を確認してしまう。確認しても何も変わらないのに。数日後、急いで注文した自転車カバーをかけてようやく人心地ついた。

その後、電動自転車生活にも慣れてきて、子どもの人も、「はやい、はやい」とうれしそうにしている。私も電動自転車のおかげで世界が広がり、今なら二十位の保育園でも飛んでいけそうな気分だ。

クリアサングラスを買いに

私は視力がいいほうだ。

十代の頃は視力が二・〇あったのだが、いまだにその頃から視力が落ちたという感覚があまりないまま、四十代に突入している。私の母もそうだったらしいのだが、彼女曰く、その分老眼が早かったそうで、私も四十代になったし、そろそろ来る？　もうそろそろ？　と諦念の気持ちでいる。これまで暗い中で本を読んだり、ドラマや映画を長時間パソコンで見たりと好き放題してきたのに、眼鏡なしでこんなにはっきり見えてきたのだから感謝しかない。

なので、眼鏡が必要だったことがない。私は肌が弱いので、皮膚科の先生から紫外線を浴びないようにと言われてきた。じゃあ夏場はサングラスをしたほうがいいかもなと何度かお店でトライしてみたこともあるのだが、なかなか買う気になれず。なぜかというと、サングラスはかけると世界の色が若干違って見えてしまうから、それがなんだか落ち着かなかった。

それに作家をしていると、よく見ることが大事だ（少なくとも、私はそうだ）。もちろん見え方は人それぞれ違うものだし、視力がよければよく見えているわけでもないだろう。でも、自分にとっての日常の見え方に色がついてしまうのは、なんとなく避けたかった。

それが、ある頃から、クリアサングラスというものが、比較的安い値段で眼鏡を買うことのできるチェーン店で売られるようになった。普通の眼鏡のように見えるのだが、紫外線カットのレンズが使われているのだ。最初にクリアサングラスについてネットで知った時は、これが私の求めていたものじゃないかい！と、膝を打った。

早速、当時住んでいた街から数駅のところにある大きな街に歩いていき、その街にあるチェーンの眼鏡屋さんにはじめて足を踏み入れた。実際にかけてみたクリアサングラスは、レンズが少し黄味がかっているものの、そんなに見え方に影響はなさそうだった。とにかく試してみたかったので、私はその日、黒縁の、数千円のクリアサングラスを買ってみた。目的として、顔がより多く隠れたほうがいいだろうと思ったので、レンズが大きめのデザインを選んだ。

その後は、外出時、なるべくクリアサングラスをかけるようにしていた。同じお店のクリアサングラスの違うデザインのものを買い足したりして、数本持っていた。どれも五千円前後の値段だった。

一つは、まん丸眼鏡で気に入っていたのだが、子どもの人の通院の帰り、病院の真ん前にあるバス停でバスを待っている間に、眼鏡を外してジャンパーのジッパーのところにかけていたことを忘れてジッパーを開けてしまい、眼鏡が地面に落下。そのことにバスが出発してから気づき、あえなく失くしてしまった。病院の落とし物係にも電話をしてみたのだが、見つからなかった。この頃は子どもの人が本当に小さく、私は自分の身の回りのことに対する意識が散漫だったので、この値段が手頃で気楽にかけられるクリアサングラスがあることで、ずいぶん助かった。

子どもの人がだいぶ手がかからなくなった年、SNSで知った眼鏡のブランドのオンラインショップを見ていたら、眼鏡に「＊紫外線カット」と小さく書き添えられていることに気づいた。それってつまり、今私が使っているクリアサングラスと同じことなのでは、とピンときて、こんなにも日常の中で使うものになっているのだから、一度ちょっと高い眼鏡を買ってみたいと思った。

奇しくもそのブランドは直営店をオープンしたばかりのようで、このお店に行って、眼鏡を買おうと決めたものの、なかなか外出できるタイミングがなく、数ヶ月にわたって、何度もそのお店のインスタグラムを見ては、どれがいいかぐるぐる考える時間が過ぎていった。

子どもの人の保育園の「慣らし保育」が終わったある日、リバイバル映画祭で上映されていた、七〇年代のフェミニスト映画の傑作と呼ばれている、シャンタル・アケルマン監督の『ジャンヌ・ディエルマン　ブリュッセル1080、コメルス河畔通り23番地』をやはりどうしても映画館で見たくて、いつ以来かの映画館に行くことにした。行きたかった眼鏡屋さんは原宿にお店がある。早めに出て、先にそのお店に寄ることにした。

まだ五月なのに暑さで汗をかきながら、その眼鏡のブランドBLANCの、原宿駅から数分のところにあるフラッグシップショップ、LHITEにたどり着いた。

店内には、いろんな色のフレームやレンズの眼鏡がたくさん並んでいて、え、十個ぐらい欲しい、といきなり自分を見失いそうになったが、初心を思い出し、まずは、どこにでもかけていけそうな深い茶色の太いフレームの眼鏡を選んだ。お店の人に見せてもらった、普段は透明のレンズだけど、日差しが強いところに出ると色が変わるレンズも面白かったのだけど、これも初心を思い出し、今回は透明なレンズを選んだ。

調整に少し時間がかかるということだったので、渋谷で映画を見てから、映画の後にまた戻ってくることにした。そうして、数時間後に眼鏡を受け取り、電車に揺られて帰ったのだけど、この一連の行動（眼鏡屋さんで好きな眼鏡を買って、好きな映画を見て、ゆっくりと原宿と渋谷の間を歩いて往復する）のようなことができるのが、私は本当に久しぶりだと思って、じんわりと幸せな気持ちになった。新しい眼鏡を大切に使っていきたい。

セルリアンブルーに染まる

セルリアンブルーにはまっている。

幼い頃から、その時々に自分の中で色のブームがあっても、常に好きなのは青色や水色で、私が何かを選ぶと高確率でその二色になった。

大人になった今はたいていの色が好きだけど、同時に、寒色系の色はやっぱり今も特別で、気を抜くと、そういう色の服ばかり着てしまう。逆に赤色など暖色系の色を着ていると落ち着かない。

でも、最近ようやく「パーソナルカラー」をネットをさすらって理解し、自分のそれはブルベ（ブルーベース）であろうと察しがついたのだが、ブルベに似合う色の一覧表を見ると、赤色系がごそっと入っており、似合うんだったら、もっと身につけてみたらよかったなと、ちょっと後悔したところだ。反動で、赤系のアイシャドウのパレットをいくつか買ってしまった（メガ割で）。真夏の今、私のまぶたは明るいスイカ色である。

話がちょっと逸れたけど、それで私は今セルリアンブルーにはまっている。

おそらく理由は、『おばちゃんたちのいるところ』のアメリカ版のカバーがきれいなミントグリーンをしていて、そこでミントグリーン熱が高まり、そこから発展して、セルリアンブルーに落ち着いたんじゃないかと思われる。いつからか、何か必要なものを買う時に、色の選択肢としてセルリアンブルーがあると、自然とその色を選ぶようになっており、私、今、持ち物めっちゃセルリアンブルーのもの多いなと気づいてからは、さらに意識的にセルリアンブルーを選ぶようになった。

どんな感じかというと、現在私が日常的に持ち歩いている、モンベルの「U.L.MONOポーチ」という名前のサコッシュのSサイズ（夏は重たい荷物を持って外出するとそれだけで体力を奪われるので、この中に入るものだけ持って外出しよう、肩こりにもよくないし計画）、モンベルの緊急時ホイッスル、充電器を入れているモンベルの小さなポーチ、FABRIKのミニ財布とキーチェーン、とすべてセルリアンブルーである。ここまで同じ色で揃うと、妙な一体感があって、集合体として、ますます愛おしくなってくる。

荷物が多い時には、セルリアンブルーにはまるだいぶ前に買ったセルリアンブルーのサイクリング用の小さいリュックと（サイクリングをするわけではない）、私の中のブームを自覚してから買ったレスポートサックの軽量シリーズ、エッセンシャルコレクションのリュックも少し色味は違うものの、セルリアンブルー寄りの青のため、用途に合わせて、大、中、小のセルリアンブルーのかばんも揃っている。

ＦＡＢＲＩＫのミニ財布については特筆したい。できるだけ小さい財布が欲しくて探していたところ、ある日、インスタグラムでこのブランドの財布を見かけて、気になった。お店のサイトを見てみたら、きれいなセルリアンブルーの財布があり、何かピンとくるものもあったので、実際に手に取って確認することなく、ＭＩＮＩを注文してみた。

数日後に到着した財布はやはりとてもきれいな色で、すぐに使いはじめたのだけど、そこでようやくこの財布には、スナップボタンやジッパーがないことに気がついた。財布の端を反対側の端に折り込むことで、閉じることができるのだ。ちょっとの間は戸惑ったけれど、結果的に、私はこの構造がものすごく気に入った。スナップボタンやジッパーがないとこんなに新鮮な気持ちになるんだと、財布を開け閉めするたびに驚き、この財布面白い、と毎回思った。

スナップボタンやジッパーがあると、軽く力を使わないと開け閉めできないけれど、折り込むだけだと余計な力は特に必要なくて、すっと開け閉めができる。パチン

（スナップボタン）やジャッ（ジッパー）といった金属の音も感触もない。小さなことだけど、あるのが当たり前だったものがないならないで、こんなに面白い感覚を味わえるんだなと、うれしくなったし、財布を面白いと思ったのもはじめてのような気がする。サイズもちょうどよく小さいので、前述のモンベルのサコッシュに入れても、他のものをいろいろ入れる余裕がある。荷物の少ない生活がこの財布のおかげで一気に加速した。

このブランドにはスナップボタンが使用されている財布もあるけれど、それぞれのアイテムに遊び心があって、今後もこのお店で財布を買っていきたい気分にさせられる。特にセルリアンブルーの色があったおかげで出会うことができた、このＭＩＮＩの財布はボロボロになったら、絶対に同じものに買い替えたい（色はその時の気分で違う色にするかも）。すっかりファンになってしまって、後からターコイズブルーのキーホルダーと、シンプルなカードケース（こちらはクリアなレモン色）も注文した。これからも新作を楽しみにしている。

ノートやボールペン、ファイルなど、文房具もセルリアンブルーの波に飲み込まれている。とにかくセルリアンブルーを見つけると、目にぱっと入ってしまうので、この前は、子ども用の夏の帽子を買わないといけないなと思っていた頃に通りかかった小さな子ども服のお店で、セルリアンブルーのネックガードつきのサファリハットを見つけ、これや！と即断して、買って帰った。子どもの人も幸い気に入ってくれて、外出する時はいつもかぶってくれているが、私のこのブームが続く限り、子どもの人の持ち物もセルリアンブルーになる可能性が高まるようだ。私もこのまま行くと、全身セルリアンブルーになりそう。

リップモンスターを探して

ケイトのリップモンスターが発売されたのは、二〇二一年の五月。ドラッグストアで手軽に、手頃な値段で買えるこのリップスティックは、マスクにつきにくくて色持ちすると評判になり、あっという間に大人気になった。つまり、お店から消えた。

私は発売時にはリップモンスターについてはまったく知らず、しばらくしてから、SNSなどでリップモンスターという単語をちらほら見かけるようになり、このリップが大人気で、いまや「幻の商品」と化していることを知った。

その情報が頭にインプットされてからというもの、ドラッグストアに行くことがあるたびにケイトの棚をなんとなく確認するようになった。

確かに、ケイトの他の商品の棚は埋まっていても、リップモンスターが本来なら並んでいるはずのスペースはがらんどうの空間が広がっていたり、「リップモンスターは売り切れです。入荷時期は未定です」と小さな表示が貼られていたりする。お店によっては、いつ入荷するかもわからないし、スペースがずっと空いているのもよくないと考えるのか、リップモンスターのコーナー自体をないものとして、商品を陳列している場合もあった。

ドラッグストアは、無数の商品が売られている場所だ。自分に関係ない商品のコーナーは素通りするのが通常のムーブだろう。お店の片隅で、リップモンスターがずっと売り切れている、という現象が起こっているのを、その商品に興味がある人しか知らない、という現象が起こっていることを、私はすごく面白く感じた。

そういうわけで、それからの一年、私はリップモンスターウォッチャーとして、ドラッグストアに出没した。違う目的を持って入店しても、まずはケイトの棚見っか、と足が向く。その間に、リップモンスターは新商品が発売されたり、何度も入荷を繰り返したりしていたらしいのだが、そんなに頻繁にドラッグストアに行かない私レベルでは、びっくりするくらい一度もリップモンスターに遭遇することがなかった。

ウォッチャーとしては、SNSの口コミをチェックしなければならないので、私は時々ツイッターやインスタグラムなどでリップモンスターを検索した。そして、日本のあらゆるドラッグストアにおける、あらゆる人の、リップモンスターが「あった」「なかった」情報に目を通した。いつまで経ってもリップモンスターを手に入れられない人がいる一方、リップモンスターとの遭遇を果たし、歓喜している人もいて、このリップスティックの神出鬼没ぶりがうかがえた。

ドラッグストアに行けばリップモンスターを確認するのが日常として定着したため、旅行先のドラッグストアでも、私はリップモンスターに目を光らせることを忘れなかった。もしかしたらこの街ならあるんではないか、と一瞬期待するものの、棚はやはり空っぽで、私の非日常は誰かの日常であることを、改めて理解する結果になった。

そもそも、リップモンスターというネーミングがいい。私はモンスターが好きだ。また、個々のリップスティックについている名前も面白く、特に「ラスボス」はすごい。いつか私も「ラスボス」に出会える日が来るのだろうかと思いながら、ケイトの空の棚を見つめる日々だった。

そんなある日、いつものようにドラッグストアでケイトのリップモンスターコーナーを確認すると、一本のリップスティックが目にとまった。まさかとうとう！と思わず手を伸ばしたのだが、それはリップの前に塗るカラーコントロールベースだった。私は元々ウォッチャーであり、リップモンスターが欲しかったわけではなかったはずなのだが、リップモンスターがお店にない、爆発的な人気を誇る商品であることは、これまでのウォッチャー生活の間に身に染みていた。このコントロールベースだってこの時はじめて出会った。もうとりあえず買おう、と小さな箱をそのまま握りしめ、レジに向かった。

その後もリップモンスターはさらに新色が発売されたり、だいぶ手に入れやすくなってきた、と言われたりするようになっていたが、私は相変わらず見つけることができず、むしろここまでリップモンスターに遭遇できない私のほうがレアである疑いさえ出てきた。

そして、二〇二二年の八月。家から十分ほど歩いたところに、ファミリーレストランや量販店などが数軒点在している通りがあるのだが、そのファミレスの一つでパートナーと夜に合流して、一緒に夕飯を食べることになった。そのファミレスの隣には、広いけれど地味さも感じさせる、有名なチェーン店ではないドラッグストアがあり、特に何ということもなく、私はファミレスに入る前に、その店をふらついていた。

すっかり習い性になっているケイト棚チェックをした私は驚愕した。なんと棚の一番下の段に、リップモンスターがほぼ全色、一本ずつ並んでいるのである。まさに灯台下暗し。横には、「一家族につき、一本購入でお願いします」と注意の紙が貼られている。ここまで制限しなければ、私のように、あるかな〜、と時々ふらふら店を覗くタイプの人間にまで、リップモンスターは行き渡らないのかもしれない。

妙な感動を覚えた私は、よし買うぞ、とその場にしゃがみ込み、運命の一本を選ぶことにした。「ラスボス」にしようかなとも思ったのだが、私の普段の色の好みからすると華やかすぎたので（暗めの色が好き）、一本しか買えないのなら、絶対に使える色にしたい。結局「誓いのルビー」を買って、隣のファミレスに入った。夕飯を食べながらパートナーに、今どれだけすごいことが起こったかを説明したのだが、そのすごさがまったく響いていなかった。次また出会えたら、今度は「ラスボス」を買いたい。

（その後、連載時にこのエッセイを読んだパートナー母が、こっちのドラッグストアにはあったからと、「ラスボス」を送ってくれ、彼女もリップモンスターデビューしたそうだ）

旅先のTシャツ

島根県に行った。

亡くなった父のほうの親戚が島根県に住んでいるので、私は昔から何かというと、島根県で過ごしていた。まだ子どもの頃、祖父母の介護で長期滞在していた時は、幼稚園にも通っていたくらいだ。ただ、大人になってからは訪れる回数もだいぶ減っていたのだが、このたび、親戚の集まりごとがあり、本当に久しぶりに行くことになった、三歳の子どもの人も連れて。

まず到着したのは、松江である。

子どもの人を連れての旅行といえば、金沢に行ったことがあるのだが、街中に泊まっていたので、旅行に持ってくるのを忘れたものがあっても、すぐに現地で調達することができたし、寒かったのと、子どもの人の服が足りなかったので、ショッピングビルに入っていたユニクロで服も買った。

その時の便利さと同じように考えてしまったのと、特に松江は十代の頃までは毎年のように訪れていて、自分の街のように知っているつもりだったので、私は自分用の荷物に、ホテルや旅館で過ごす際の部屋着を入れ忘れてしまった。いざとなったら泊まる先に用意されている浴衣や寝巻きで大丈夫だろうとさえ思ったのだが、これは私がコロナ禍で旅の感覚と勘を失ってしまっていたことの紛れもない証拠だった。

なぜなら、私は旅先の浴衣や寝巻きがすごく苦手だったからである。まず、素材が化繊のものが多いので、敏感肌の私には厳しい。浴衣は寝ているうちにはだけてきて、ずっと落ち着かない。

ホテルに着いて寝巻きに着替えてからというもの、あー、そうだった、そうだった、と自分がいかにホテルの寝巻きが苦手だったかを、しみじみと思い出した。ただ、宍道湖《しんじこ》沿いにあるホテルは、手軽に服が手に入る駅前周辺からはそれなりに離れており、長時間移動してきて疲れていたこともあって、今から買いに行こうと腰を上げる気にどうしてもなれない。仕方ないので、その日はそのまま眠りについたのだが、やはり首回りの違和感がぬぐえず、次の日、私はどうしてもTシャツを買わなくてはならない、と湧き出る強い気持ちとともに目覚めた。

とはいえ、その日はホテルのすぐ裏にある小さな駅から一畑《いちばた》電車に乗って、出雲に向かう予定だった。

記憶の中にある出雲市駅周辺の様子を考えてみても、そう簡単にTシャツを手に入れることはできなそうだ。部屋着ぐらいならすぐ調達できるだろうと、ふわっと来てしまったのも、自らの旅の感覚と勘の衰えを感じさせた。

どうしようと思っていると、クーポンを使い切らないといけないから、今から下の売店で何か欲しいものを選べ、と母が言い出した。なぜか我々が島根に向かうタイミングで、旅行中、平日なら一人一日三千円のクーポンがもらえるサービスが全国的に開始されたのである。しかし、使用期限が短く、到着した際にもらったクーポンを翌日中に使わなければならなかったのだ。また、このクーポンが使える店は、主に土産物屋や観光客向けの飲食店などに限られていた。

クーポンには、島根県のゆるキャラであるらしい、おそらく「大社造」の屋根的なものをかぶった猫のイラストが描いてあった。そして、「しまねっこクーポン」と大きく書いてある。私と「しまねっこ」との初遭遇である。

ホテルの売店で欲しいものなんて、そうそうなくないか。などと不遜なことを思いながら、私は母と子どもの人と一緒に、朝ごはんの後に売店に立ち寄った。

やっぱりそんなに欲しいものがないな、とふらふらお店を物色しているうちに、ちょっと待って、こういうお土産物屋にはご当地Tシャツがあるのではないか、と閃《ひらめ》いた。もうこうなったら、ここでTシャツを調達するしかない。

ぐるっと店を見渡してみると、果たして、お店の片隅に、小さなTシャツコーナーがあった。近寄ってみると、白いTシャツにさっきの「しまねっこ」のイラストがプリントされている。クーポンではじめて目にした時にも実は心がうっすら騒いでいたのだが、Tシャツで再会して、私は確信した。「しまねっこ」はかわいい。私、「しまねっこ」が好き。

このTシャツに決まりだ。確認したところ、素材は綿一〇〇パーセントでさらに文句なし。すぐ横に「しまねっこ」の子ども用の靴下があったので、この靴下はく？と子どもの人に聞いてみたところ、「うん」とうなずいたので、我々は「しまねっこ」のTシャツと靴下を、クーポンを管理していた母に手渡した。

こうして、無事Tシャツが手に入った。「しまねっこ」TシャツMサイズは、着心地もよく、サイズもフィットし、すごく助かった。ただ、島根での滞在がほぼ一週間だったので、Tシャツ一枚だとちょっと無理があるなと感じはじめていたところ、出雲の後でまた戻ってきた松江の、今度は小泉八雲記念館（私が松江に行くと必ず訪れる場所の一つ）の向かいのお土産物屋で、私はまた一枚のTシャツに出会った。背中にうさぎと出雲大社っぽい建物の絵がデザインされている紺色のTシャツで、落ち着いたかわいさなのがよかった。今度はお金を出して買い、こちらのＴシャツも旅行中、ありがたい存在だった。

帰るまでにすっかり「しまねっこ」に夢中になってしまった私は、最後にいろんなようで、「しまねっこ」グッズを駅の売店で買い、家路についた。子どもの人もわりと好きな「しまねっこ」の絵のついた星型の鈴をリュックにつけて、「かわいい音がする」とうれしそうにしている。

そして私は今後旅行に行く時は必ず、今回手に入れた二枚のＴシャツを忘れずに持っていくつもりである。

唯一無二のトレーナー

　前回書いた通り、私は寝巻きにうるさい。うるさい、というか、首元に違和感を覚えると落ち着かなくて駄目なのである。夏場はＴシャツでいいのだが、秋冬の寝巻きが難しい。特に、長袖カットソー一枚では寒くなってしまってからが。

　まず襟のあるパジャマは着られない。襟が落ち着かないのだ。そうなると、トレーナーがファイナルアンサーになるのだが、トレーナーならどれでも大丈夫なわけでもない。私が何を苦手としているかを突き詰めて考えてみると、横たわることによって、首元の襟ぐりの部分が上にずり上がり、首に布地が触れることである。つまり、同じ服でも、起きている間はまったく気にならない。体が垂直の時に、布地が重力に抗って、首のほうに上がってきたりはしないからだ。

　だけど、この横になっている間に襟ぐりが少しでもずり上がってこないトレーナーが、不思議なことに、なかなか見つからないのだ。サイズが大きすぎると、中に着ているカットソーとの間に隙間ができ、ずり上がりやすい。小さすぎると、それはそれで別の違和感が生まれる。ちょうどいいサイズでも、やっぱり少しはずり上がる。布の素材によっても違う。

どれくらい見つからなかったかというと、もちろん血眼になって、あらゆるトレーナーを試してみたりはまったくしていないのだけど、現段階で、一着しか満足いくトレーナーに出会えていないぐらいだ。

この唯一満足がいったトレーナーは、ニューヨークのブランド、Out of Printがつくったものだった。このブランドは、最近はいろんなコラボレーションもしているけれど、基本的には絶版になった本の表紙をプリントした、トートバッグやポーチ、Tシャツやスウェットなどを販売している。商品が素敵なだけでなく、売上の一部が、識字基金への寄付や、貧困地域に本を送る活動に使われるところもいい。

さて、私の唯一無二のトレーナーは、ヴァージニア・ウルフの『灯台へ』の表紙がプリントされた、淡い灰色のスウェットで、この装画は、ウルフの姉のヴァネッサ・ベルが描いたものだ。ウルフもベルも『灯台へ』も好きだったので、当時迷わず購入したのだけど、服自体は、普段だったら、買わない要素がいくつかあった。

まず、レディースなので、襟ぐりが広く開いていて、腰も少しシェイプが入っている。また、素材も綿一〇〇パーセントではなく、「コットン、ポリエステル」と簡単に表記されているだけ。でも、いつもなら避けるサインになるこれらの要素が、このトレーナーにおいては、全面的にプラスに働いたのである。この謎の薄手のスウェット生地が下に着ているカットソーに密着し、全然動かないのだ。まさに、固定。襟ぐりが広めなので、首元の違和感が生まれることも絶対にない。私にとっては奇跡的な按配《あんばい》だった。

ただ、このトレーナーが唯一無二であることに私が気づいた時には、買ってから五年以上が経過していた。なぜ気づいたかというと、まさに前回のエッセイを書いた際に、納得いく寝巻きのトレーナーが本当にないなとしみじみ考えているうちに、そういえば着ている間にストレスを感じないトレーナーが一着だけあるな……、と思い至ったのだ。それまでは、寒くなると他のトレーナー群と一緒に、なんとなくランダムに袖を通していた。けれど、私の運命のトレーナーは、ずっと近くにいたのだ。

そう気づいてみると、このトレーナーが着古され、もう着られなくなったらどうしようと心配になってきた。すでに五年以上着ているので、だいぶくったりしている。繊維がどれだけ薄くなり、どれだけ穴が開こうと、極限までこのトレーナーを着続けようと心に決めたものの、それでも、洗い替えがあるなら、それに越したことはない。

もしかして今でも買えるのかなと、一縷《いちる》の希望を抱いて、数年ぶりにOut of Printのサイトに突進してみたところ、私が『灯台へ』のトレーナーを買った頃に一緒に売られていたレディースのトレーナーは、『灯台へ』のトレーナーを含め、残念ながら、すべて売り切れになっていた。なぜもっと早く大切な存在に気づかなかったのかと、心の中で自分に説教しながら、久しぶりにサイトを巡回してみることにした。

どうやらレディースのトレーナー自体を今ではつくっていないみたいで、ユニセックスに統合したようだった。ユニセックスのトレーナーは首元が締まっていて、腰のシェイプもない。寝巻きでなければ、むしろユニセックスのほうが好きだし、新しく欲しいアイテムもたくさんオンラインショップには並んでいたけれど、今私が必要としているものとは違う。

どこかに売れ残ってないかと検索してみたところ、日本のネットショップにレディースのトレーナーが残っているのを発見。『灯台へ』のトレーナーと一緒に並んでいたのを私も覚えている、ジェーン・オースティンの『高慢と偏見』の表紙のものと、図書館の貸出カードの文字をデザインしたものだ。もうこれを買うっきゃない！

というわけで、流れるように購入ボタンを押した私は、運命のトレーナーを新たに二枚手に入れることができた。すぐに届いた二枚のトレーナーは、まさに同じスウェット生地で、襟ぐりもしっかり余裕がある。まずは慣らすために、部屋着として着ているところだ。この三枚を大切に、末長く着ていきたいと思う、寝る時は。

エッセイに書いたことで、運命のトレーナーに気づくことができたので、この連載に感謝である。

クリスマスのサンタ、お正月の着物

ものすごく久しぶりに着物を着た。

数年前、着物雑誌の取材で、着物を着て松本の街を歩いて以来だ。この取材はとても楽しくて、用意していただいた浅緑色の着物も素敵でうれしかった。その後すぐに妊娠がわかり、仲良くなった編集者さん、着付けをしてくださったヘアメイクさん、カメラマンさんと一緒に浴衣を着て遊ぶ約束を果たせなかったことが、いまだに残念で仕方ない。今思えば、事情を話せばよかったと思うし、気にせずに遊んでも体調に影響はなかったかもしれない。でも、当時ははじめてのことにどうしていいかわからず、草履でこけたらどうしようと心配してしまい、大事をとったのだった。

それから数年後、子どもの人も三歳になっていろいろと物事がわかるようになり、今回のお正月は着物を着せてみようということになった。ただ、子どもの人は、タイミングによっては着たくないものがあるので、これは一種の賭けだった。クリスマスの時も、サンタさんの服装をしてみたいと自ら言ったので、しまむらで見つけた一〇

○センチサイズのサンタ服を用意していたのだが（おそらく来年は着られないだろう）、いざクリスマスが近づくと、この服を着ていたら、サンタさんに見つかって、連れていかれるかもとこわくなったそうで、ほとんど着てくれなかった。サンタさんをなんだと思ったのか。

そもそもサンタさんの存在がしっかり子どもの人に搭載されたはじめてのクリスマスだったので、私にとってははじめてのサンタさん業務の年でもあった。そしてこれがなかなかのプレッシャーであることがよくわかった。見つからないようにプレゼントを用意し、クリスマスイヴは、子どもの人と私の母がつくったクッキーを、子どもの人と一緒にミルクとともにツリーの下に設置。子どもの人が寝た後に、隣の部屋で私とパートナーは、サンタさんと大人たちからのプレゼントを包んだ（学生時代、書店兼雑貨屋で働いていた私は、キャラメル包みがうまい）。

朝は朝で、子どもの人が目覚めそうになった瞬間に、「サンタさんが来たよ！」と声をかけ、プレゼントに誘導。子どもの人が驚き、包みを開け終わってようやくプレッシャーから解放された。あまりの解放感に、その夜は楽しみにしていた映画『ナイブズ・アウト』の続編、『ナイブズ・アウト：グラス・オニオン』を清々しい気分で鑑賞。しみじみとジャネール・モネイは素晴らしいなと唸《うな》った。

この、自分が本気で取り組んだはじめてのクリスマスで私が学んだのは、かわいいクリスマスツリーの飾りはニトリの品揃えが素晴らしいこと（クリスマスの飾りを買いに行くには遅すぎる頃にドン・キホーテに飛び込んだ私は、ほぼ売り切れている棚を前に、そりゃそうだよなと諦念の思いに打たれたのだが、偶然上の階にあったニトリに足を踏み入れたところ、かわいい飾りがたくさんあって、しかもセールになっていたので、この恩は決して忘れない、と心に誓った）、家の近くにある容器や包装紙の問屋が神であること、だった。

クリスマスやサンタさんの存在は、絵本やＹｏｕＴｕｂｅなどを通して、子どもの人に認知されていった印象があったので、お正月についても同じ作戦でいこうと私は考えた。本屋でお正月についての絵本を数冊買って、年明けまでの一週間、毎日読むことにした。幸い、子どもの人も気に入って、こちらが無理に読まなくても、自分から読んでほしがったので助かった。絵本の一冊は、ねずみの一家がお正月を迎えるまでの準備が描かれたものだったのだけど、ラッキーだったことに、お正月の日、ねずみたちがみんなで着物を着て、晴れ着が着られてうれしいと喜ぶ場面があった。

「ねずみさんたちみたいに着物着たい？」

と聞いてみると、子どもの人は「うん」とうなずいた。試しにこのページにくるたびに何度か同じ質問をしてみたのだが、毎回前向きな「うん」が返ってきたので、もちろん当日になって嫌がるパターンも予想しつつも、着物を着せる方向で進めることになった。

着せようとしていた着物は、私の弟が小さな頃に着ていたものだ。黒地に子ども用の兜《かぶと》の柄で、私の好み的にはちょっと「兜か～」なのだけど、新しく買ったものではなく、弟の着ていたものなので、まあいいかと思った。サイズ的に、来年になったらもう小さくなっているだろうから、なんとか今着せておきたかった。

ちょうど秋頃、私は叔母から着物を送ってもらった。叔母が若い頃に彼女の母親（私にとっては祖母）に縫ってもらった、紺地に赤や黄色の格子柄の、大島の着物だ。親戚の中で、叔母と同じ背丈の人間が私しかいないので、私が譲り受けることになったのだ。せっかくなので、子どもの人と一緒に私もその着物を着ることにした。一人だけ着物だと、嫌！となるところも、先に私が着ていれば、嫌！の確率を下げることができるかもしれない作戦である。

一月二日の午後、近くの大きなお寺に初詣に行くことにした。

まずは、私がさっと着物を母に着付けてもらい、「さあ、ママが先に着物を着たよ～」と子どもの人の前でアピール。そして流れるように、子どもの人にも着物を着せた。意外にも一切嫌がらなかったのはいいのだけど、恐竜のぬいぐるみを連れていきたいと言い出し、ぬいぐるみを入れた持ち手の長いトートバッグをショルダーバッグのように斜めがけしようとしたので（よくやる）、着物はそういうことではないと私が諭し、恐竜のぬいぐるみは私が持ち歩くことになった。

一応着替えも持っていったのだが、驚いたことに、行きも帰りも、子どもの人は着物を脱ぎたいと一度もぐずらなかった。私は小さな頃、行事ごとに着物を着せられるのが本当に嫌で、すぐに脱ごうとしていたので、その頃の自分を思い出し、子どもの人はすごいな、と感心した。私自身も久しぶりの着物にうれしくなり、これからは、もうちょっと着物を着る機会を増やしていきたくなった。

それもまたよし

ずっと不思議なのだが、なぜ女性の美容の流行というものは、あらゆるものがブームになるというのに、もっと楽ができる方向に舵を切るものが少ないのだろう。私は楽がしたい。

たとえば、脱毛である。毛が生えていることがおしゃれだと、ブームだと、なぜそうしてくれないのだろう。してほしい。脱毛はすでにおしゃれかおしゃれじゃないかを超えて、「マナー」や「普通」のこと、という範疇に入っているかと思うのだが、そもそも元々は毛が生えているほうが「普通」なので、一度原点回帰してみてくれないだろうか。

私は年中ほぼロングパンツしかはかないので、もうここ何年か脚の毛を剃らずに暮らしている。というか、今そう書きながら考えてみたら、脚の毛を剃るのが面倒だったので、ロングパンツばかりはくようになったのだった。

妊娠中は体にいろいろな謎が起こったが、その中の一つは、なぜか脚の毛が生えなくなったことだった。腕の毛も薄くなった。そのかわり、お腹のおへそのまわりが毛深くなった。まるで体中の毛が結集して、お腹を守ろうとしているようだった。これは楽だし、これからずっとこうだったらいいのに、と私は期待したのだけど、出産後、毛はまたそれぞれの持ち場に帰っていった。腕の毛はなんだか薄いままなので、もう剃る必要がない。

みなそれぞれ違うと思うが、私の体の話でいうと、脚の毛というものは、剃っていると、生えはじめがピンピンして硬く、目立つが、剃らないでいるとある程度の長さになり、毛が柔らかく落ち着く。色にも、昔のような、真っ黒でっせ！とコテコテに主張する様子はない。しかし、じゃあ、この脚を出して外を歩けるか、と問われれば、毛の量もそれなりにあるし、さすがに躊躇してしまうところがあり、まだトライしたことがない。

時々、毛を気にせずに（もしくは主張する意図を持って）外出している女性を目にする。この前も、黒々とした毛深い腕をまったく気にせずに出し、今っぽいメイクと服装をした二十代の女の子を原宿あたりで見た。こういう時、私は、めちゃくちゃいい！と心の中でその人を褒めそやしているのだが、でも、もう、そういう、めちゃくちゃいい！とか、それが目にとまってしまう段階を通過して、それが日常になればいいのに。剃りたい人は剃ればいいし、そのままがいい人はそれもまたよし、どちらも同じくらい「普通」なんだとしてほしい。

毛穴がない、毛穴がある、とかもそうしてほしい。歯が白い、歯が黄色い、とかもそうしてほしい。歯並びがいい、歯並びが悪い、とかもそうしてほしい。ほうれい線がある、ほうれい線がない、とかもそうしてほしい。皺がある、皺がない、とかもそうしてほしい。これ、延々と続けられるぞ……。

美の基準、「普通」の基準は、そもそもがつくられたものなので、本来、いくらでも変えられるはずなのに、誰かの社会通念や商売のために、手間やお金がかかるはめになっているのが、なんとも納得いかないところである。ストレスや自己肯定感の低下にもつながるし。眉の太さがその時々でブームになるように、毛穴が開いてる、とかもブームにしてくれたらいいじゃないか！

もう一つ、私が長年腑に落ちないでいるのが、ブラジャー半年で買い替え問題である。

ブラトップなど、楽な下着が隆盛を極めるようになり、昔と比べて飛躍的に目にしなくなったとはいえ、最近も女性誌のオンラインの記事で、ファッション関係の仕事をしている女性が、胸のかたちはその時々で変わるので、ブラジャーは半年ごとに買い替えます、とインタビューに答えていて、出た！と身構えた。

（ちなみに、ワコールのサイトに買い替える頻度の二〇一六年の集計が載っていたのだが、アンケートに答えた人の中で、半年が四〇パーセントで最も多く、次点の一年に一回が二七パーセントだった）

ブラジャーを半年で買い替える理由としては、前述のように、胸のかたちがその時々で変化するから、そして生地が繊細だから、というのが大きいようなのだが、ブラジャーはたいがい安いものではないし、それを半年ごとに買い替えるのは、どうも不条理に感じてしまう。私の現在の体感だと、半年はあっという間だ。

（私は気に入っている下着ブランド、ランジェリークのブラジャー数枚を少なくとも七年以上は処分できておらず、今も時々使っている）

大きさやかたちが変化するのは、脚やウエストなどなど、他の体のパーツも同様だと思うのだけれど、ここまで先んじて買い替えを推奨されるのは、胸のためのお洋服こと、ブラジャーだけである。ちゃんとしたブラジャーをつけないと、ケアを怠ると、胸が垂れてしまうよ、とその理由として語られるのだけど、よくよく考えてみると、なぜ胸が垂れてはいけないのだろう。

ちなみに私は産後数年、下着のことを考えたり、新調したりする気力がまったく湧かなかったため、上下ともに妊娠前に使っていた下着類をそのまま続投させてここまで来て、さすがに穴が開きはじめたり、限界をこちらに感じさせる様相を呈してきたので、ようやく買い替えたところである。

上半身の下着は、たいていは、中のパッドが一体化されている、ざっくばらんなS、M、L表記のブラトップで日々を送っている。中のパッドが一体化されていて取れないことが、私にとっては重要なポイントで、パッドが取り外しできるものは、洗濯中にぐにゃっと頼りなく曲がったりしていていちいち直すのが面倒なのである。ゆったりした柔らかい素材のブラトップは、つけていることを忘れていられる。自分にとっての楽を追求したうえで、胸が垂れるなら、それもまたよし、である。

煽る人が好き

煽る人が好きだ。

煽るといっても、相手の話を聞かずに、一方的に「論破」したり、挑発したりするような人のことではない。私が見惚《みと》れてしまうのは、その時対峙しなければならない、闘わないといけない対象がいて、どう見ても厳しい状況に置かれていて、ここでなお煽るの⁉と、その人の決死さが伝わってくる煽りである。

それを自覚したのが、去年のワールドカップの決勝戦、アルゼンチン対フランス戦だ。私は常日頃からサッカーを気にかけているわけではなく、今回のワールドカップも、隣の部屋で試合を見ていたパートナーが、ものすごい局面になっていたり、面白いことになっていたりした時に、見たほうがいいよ！と呼びに来た際に腰を上げるスタイルで観戦に参加していた。

決勝戦もそうで、途中から見たのだが、ご覧になった方々はご存じの通りとんでもなくスリリングな試合が展開され、これはどちらか一方を応援すると心臓に悪そうと思いつつ、以前から、どんな時も淡々として見えるメッシのことがわりと好きだったので、平静を装って自分自身をもだましながら、しかし心の奥底ではアルゼンチンチームを応援していた。

そして、最終的にPK戦になったのだが、ここで私は、アルゼンチンのキーパー、エミリアーノ・マルティネスの煽りっぷりに感銘を受けた。両チームの一人目のキッカー、エムバペとメッシはともにゴールに成功。そして、フランスチームの二人目のキッカーが放ったボールをマルティネスは止めたのだけど、その直後、マルティネスは、ほら見たか、とおどけたような表情と動きで、一瞬煽りのダンスをしたのだ。私には想像もつかないようなプレッシャーの中、ゴールを防いだのもすごいし、勝利が決まったわけでもない、まだ三本止めないといけないかもしれないこの究極の局面で（しかも世界中で放映中）、このミニダンスができる心の強さ。

もし私だったら、あと三本あるし少しでもふざけたふりは控えようと思ってしまうし、三本ゴールを決められてしまった場合の、あんな風にふざけるからと後から叩かれまくる可能性を考えてしまうけれど、そうじゃなくて、本当に今、この人は全身全霊なんだ、一瞬一瞬の本気を積み重ねているんだ、と感じられて、胸打たれた。思わず、来年はこのアルゼンチンのキーパーのようなメンタルの強さを持つことを目標にしたい、とパートナーに一足早い新年の抱負を伝えたくらいだ。この選手の煽りは止まらず、表彰台でのマナーが下品、品位がない、と批判されていて、もちろん褒められた行為ではないけれど、Netflixで配信されている、国際サッカー連盟の癒着と汚職を暴くドキュメンタリー『FIFAを暴く』を見ると、本当に品位がないのは誰なのかよくわかる。

（そういえば、ワールドカップ後のクリスマスの日、子どもの人と公園に遊びに行くと、サンタさんにもらった！と子どもたちがうれしそうにもらったプレゼントを次々と見せに来てくれた。小学生の男の子たちの集団の中に一人、小さい子たちのことも気にかけてくれる子がいて、その子が、クリスマスプレゼントだったのか、エムバペのユニフォームを着ていた。それを見て、エムバペのユニフォームが欲しくなった私である）

煽る人として、私の中で燦然と輝いているのが、人間力の祝祭こと、韓国ドラマ『ヴィンチェンツォ』に出てくるホン・チャヨン弁護士である。ホン弁護士はとにかくファイターのスピリットに溢れており、この人の、負けへんでパワーにはうっとりしてしまう。瞬時に煽りにいくのでベストシーンがなかなか選べないが、序盤のほうで、本ドラマの悪役の一人の目の前で余興を見せろ、と迫られ、躊躇《ためら》わず、悪役の趣味であるダンスを全力で茶化しにいった時の気迫は本当に最高。

この役を演じているチョン・ヨビンをはじめて見たのは、私の愛する「女性＋コメディ」を満喫させてくれる『恋愛体質～30歳になれば大丈夫』だったのだけど（『ヴィンチェンツォ』も最初彼女目当てで見た）、この中でも好きな煽りシーンがいくつかある。特に、主人公三人組の一人である、ドラママーケティングチームで働くハンジュが、こちらの要求に応えてくれないドラマの撮影現場の男性たちに、オッパ（女性が年上の男性を呼ぶ時の言葉）って呼んでみろよと言われ、女性なんだから下手に出て、かわいらしくしろと暗に馬鹿にされた際に、オッパオッパオッパオッパオッパ～～～と、怒濤のオッパ連呼で彼らを追い詰め、仕事をさせる場面が、あまりにも面白く、尊く、感動して何度も見た。

ちなみにハンジュの上司役のキム・ヨンアも、見ているドラマに出てくるとうれしくなってしまう人の一人で、この上司が、大きな仕事が他の会社に取られてしまいそうになり、表向きはクールに装いつつも、その後ハンジュと二人で飲んでいて、（仕事相手に）韓牛《ハヌ》でも贈ればいいのかな……（値段を調べて）……韓牛たかーいと泣き出すところが大好き。ハンジュと二人で抱き合ってわんわん泣くところが大好き。トイレに行こうとして、トイレ遠い～と泣き崩れるところが大好き。大好き。

ホン・チャヨン弁護士の話に戻るが、彼女は、イタリアマフィアの相談役だったヴインチェンツォと協力して、父を殺した巨大な悪と闘うことになるのだが、そうなってからの彼女の、後先考えず、どんなタイミングでも仇《かたき》たちに対して煽り続ける態度や、秘めてきたそれぞれの力を解き放ち、一致団結する雑居ビルの住人たちの姿を見ていると、私もがんばろうとシンプルに前向きな気持ちになるのである。また、このドラマ自体が、人間、煽るべき時は煽っていかなあかんでと、とにかく煽り合いで物語が展開していき、まるでラップバトルのような作品なので、元気を出したい時に繰り返し見てしまう。今も見ている。

木曜日生まれっぽい！

タイに行ってきた。

二〇二二年にタイでタイ語版の『おばちゃんたちのいるところ』が刊行になったので、二〇二三年三月に行われたバンコク国際ブックフェアのイベントに呼んでいただいたのだ。それを含めて、滞在中に三つのイベントに登壇した。

私は高校の修学旅行にあたるものが、タイでの数日間のホームステイだったので、これは二十数年ぶりのタイ旅行である。当時は、チェンマイの同じ年齢の女の子の家に泊めてもらった。どこに行こうとしていたのかは忘れてしまったが、夜、その子の運転する車に彼女の友人たちと乗って出かけ、ライトアップされた遺跡の横を通ったことを覚えている。あと、道の真ん中をベージュ色の犬がのんびりと歩いていて、なかなか前に進めないので、彼女が車をじりじりと近づけていくと、犬が意に介さない様子でこっちをふわっと見て、まあ、仕方ねえなと、道を譲ってくれたことを。

今回は、全日バンコクで過ごしたのだが、短い滞在の間に、一日お休みの日をもらっていた。その日は、タイ語版の『おばちゃんたちのいるところ』の翻訳者であるミーンさんが、お友だちのガーさんと一緒に、尼寺や、女性の修行僧の像がたくさん並んでいるお寺などに連れていってくださった。『おばちゃんたちのいるところ』が縁でタイに呼んでいただいたので、女性にまつわるお寺に行きたいなと思い、お願いしたのだ。

その日は、朝の八時にホテルに迎えに来てくれて、送り届けてもらったのが二十三時。笑ってしまうような楽しいスケジュールだったのだが、最初に訪れたのは、タイの有名な女性の幽霊メー・ナークが祀《まつ》られているお寺だった。

この幽霊の物語は、何度も映像化されていて、本当によく知られているそうで、私がタイで出会った人たちに、タイの女性の幽霊を教えてくださいと言うと、だいたい食い気味に「メー・ナーク！」と返事があったくらいだ。メー・ナークは、夫が兵士として家を離れている間に、出産時に赤ん坊とともに亡くなってしまうのだが、夫が帰ってくると、何事もなかったかのように子どもとともに夫を出迎え、一緒に暮らしたそうだ。

そのお寺には、他にもたくさんの仏像が祀られていて、とても鮮やかで、元気な場所だった。涅槃《ねはん》像や坐像など、いろいろな仏像が並んでいて、下に一つ一つ違う色のプレートが貼られた説明書きがあるところで、ミーンさんに、「何曜日に生まれましたか？」と聞かれた。タイの人は、自分の生まれた曜日をみんな知っていて、大切にしているらしい。仏像も曜日ごとに違い、自分の生まれた曜日の仏像にお祈りするそうだ。曜日ごとの色もあり、プレートの色が違うのは、その色にならっているからだった。

日本の人は自分の生まれた日の曜日を知らない人も多いだろう。逆に、タイの人は血液型を気にしていない、と何かで読んだ。ただ、私は、「木曜日！」と即答できた。木曜日生まれであることを、内心誇りに思いながら生きてきたからだ。

なぜなら、私は十代の頃に漫画の『サバス・カフェ』（谷地恵美子／角川書店）にはまっていたのだ。この漫画は、孤独な生い立ちの少年大《ダイ》が、友情を通して自らを肯定できるようになる物語なのだが、マザー・グースの詩がモチーフに使われている。第一話も、この詩の引用からはじまる。

美しいのは　月よう日の子ども
品のいいのは　火よう日の子ども
べそをかくのは　水よう日の子ども

旅にでるのは　木よう日の子ども
ほれっぽいのは　金よう日の子ども
苦労するのは　土よう日の子ども
かわいく　あかるく　気だてのいいのは
おやすみの日に　生まれた　子ども

これは、今確認してみたら、講談社文庫の谷川俊太郎訳だったのだが、当時の私は、この漫画を読んで、単純に、私は何曜日生まれなんだろうと興味を持った。ただ、その頃はインターネットで手軽に自分の生まれた曜日を調べられる環境ではなかったので、女性誌の本格的な占い特集で、自分の生年月日と曜日の一覧表みたいなのが記載されていた時に、チャンス！と思い、まったく占いとは関係のない意図を持って、確認したような記憶がある。

結果、私の生まれた日は木曜日だった。詩によると、「旅にでるのは　木よう日の子ども」だ。いいじゃないか、と私は満足し、以後、木曜日生まれであることを静かに喜んでいた。

それから、二十何年後、自分が何曜日生まれか知っていることが、タイで役に立った。ミーンさんにも、日本の人なのに、自分の曜日を知っていてすごいですね、と褒めてもらった。木曜日の仏像は、ブッダが悟りを開いた後の瞬間だと言われる坐像のポーズをしていて、曜日の色はオレンジ色だった。土曜日生まれのミーンさんの仏像は、龍の頭が七つ後ろについていていてめちゃくちゃかっこよく、ちょっと土曜日生まれがうらやましくなってしまった。

ちなみに、私が木曜日生まれだと知ったタイの人の反応は、「めちゃくちゃ木曜日生まれっぽい!」だった。それはもう松田さんの曜日そのものですよ、というようなことを言われたのだが、どうやら意思が強い、揺るがない系の曜日らしく、それはまったく文化が違うが、マザー・グースの「旅にでるのは　木よう日の子ども」に通じるところもあり、まあ、そうなんだろうなあ、曜日でもバレるんだなあ、とタイの青い空を見上げてしまった。

タクシーへの怒り

この前、本当に久しぶりにタクシーに乗った。

この場合の「久しぶり」は、私一人で、の意味だ。子ども連れならば、何度も乗っている。ある時、子どもの人が「タクシー大好き、どこでも連れていってくれるからね」と言ったので、タクシーのことをそう思っているのかと新鮮に感じた。なぜなら私は、昔からタクシーが苦手だからだ。

なぜ苦手なのかというと、タクシーの運転手と、ほぼ密室である車内で二人きりになった際に、嫌な思いを数えきれないほどしてきたからだ。多くの女性にとっては「あるある」すぎて、説明するまでもないだろうが、今は世の中の変化もあってだいぶましになってきているとはいえ、相手が女性だと思うと、急に態度がバグる男性がこの世には確実に存在する。それを否定する人がいたら、その人はよっぽど幸運な人か、社会のことが何も見えていない人だ。

さて、女性と見ると態度がでかくなったり、相手をナメていいと思っていたりする男性が、タクシーの運転手だった場合、客であるこちらにとって、その乗車時間は地獄と化す。タメ口で話してくるのがまだましに思えるほど（ましじゃない）、ぞんざいな言動をとってきたり、馴れ馴れしかったり、友人同士で話している会話に割り込んできたり、マウンティングしてきたり、こっちが発言にいい反応をしないとあからさまに不機嫌になったり、まさかのナンパをしてきたり……マジでむかつく記憶ばかりだ。

なので、二十代、三十代の頃の私は、一人でタクシーに乗らなければならなくなると、乗車前に身構えていた。時代もあるだろうが、上記に一つも当てはまらない男性の運転手はほぼいなかった。いると、驚いた。

そんなのタクシーの運転手に限らず、社会全体がそうなのだけど、タクシーは二人きりになるし、走行中などすぐに逃げられないせいで、身の危険が鮮明に感じられる。なぜ私の命を彼らに預けなくてはならないのか、本当に意味がわからない。つまり、タクシーの車内は社会の縮図であり、この日本社会の嫌なところが凝縮されているわけである。なぜお金を払ってまで、こんな目に遭わないといけないのか。そうしないと、目的地までたどり着くことができないのか。理不尽すぎないか。

そういうわけで、私はよっぽどじゃないとタクシーを利用しないようにしていたのだけど、さすがに時々は、どうしても乗らないといけない局面がある。何十年にもわたって様々な運転手に遭遇し続けていると、直感が働くようになり、今ではタクシーの車内に入った瞬間、または運転手が一言発した瞬間に、だいたい当たり外れがわかるようになった（この直感はタクシー関係なく日常のあらゆる場面で働くけれど）。

ただ、子どもの人や私の母と一緒にタクシーに乗っていると、嫌な目に遭いにくかったので、最近のタクシーの運転手さんは感じがいいな、と内心感嘆していたくらいだった。あってタメ口くらいなのだが、私は知らない男性にタメ口で話しかけられ、その話し方が気になった時はタメ口で返すようにしている（タメ口でも嫌な感じのしない人も中にはいて、それはもうその人の持つ、感じ、としか言いようのない時もある）。

ここでようやく久しぶりに一人でタクシーに乗った話に入る。その日は引き受けた取材が入っていて、撮影があったので、先方が、住宅地にある、以前は住居として使われていたスタジオを借りていた。その場所までタクシーで来てもいいと言ってくださったので、ちょうどよさそうな時間に配車アプリでタクシーを呼んだ。

到着したタクシーに乗り込んだところ、おそらく六十代くらいの運転手の男性が、妙な沈黙のあと、言外に何か含ませるような言い方で「……名前を言ってもらわないと」と言った。確かに、予約した人で間違いがないか運転手に名前を伝えてください、とアプリにも注意書きがあったのだが、私はすっかり忘れていた。ただ、同年代の男性客がたとえば同じように名前を言うのを忘れていたとしたら、この人は私にしたような妙な態度をとるとは思えない。この沈黙と、何かを含んだようなねっとりした言い方で、もう外れを引いたことは半ば確定していたので、その後の道中、私はスマートフォンに目を落とし、決して相手に話す隙を与えないようにした。

電車だとおそらく乗り換えなどを含めて一時間くらいかかっていたかもしれない目的地は、タクシーだと二十分もかからないほどで、あっという間にスタジオに着いた。停めてもらう場所を指定しているほんの短い間の、相手のソフトタメ口が少し気になるところではあったが、まあ、なんとか着いたなと私は、「お釣りありますか？」と聞いてから一万円札を出し、お釣りを待った（なかったら、カードで払おうと思っていた）。

「はい、お釣り、六千八百万円」

無邪気すぎる一言が、油断していた私の耳に響いてきて、私は心の中でのけぞり、お金を相手に渡す時に「はい、なんたら万円」とふざける世界一どうでもいいギャグが二十一世紀にまで生き延びていることに震撼した。

私、これまでの何十年もこんな目に遭ってきて、今年四十四歳になるのに、まだこんな目に遭ってる、とダメージを受けながら、取材の時間に遅れそうだったので、無言スルーでタクシーから降りたのだが、言いたいことが山ほどあった。

いや、あのさ、そんなギャグを放ってもいい関係性これっぽっちも築けてないやろ、なんで言っていいと思ったん？　それ自分と同世代ぐらいの男にも言うんかおまえは？　全員にそれ言うキャラやったら別やけど、どうせ違うんやろ？　ナメてるから言ってくるんやろ？　てか、それ面白いん？　何が面白いん？　なんでそれで笑ってもらえると思ってんの？　てか、まさかこういう態度で若い子たちにも接客してないやろな？　絶対やめろよ。マジでいい加減にしろよ。

こうやって口に出せなかった時でも、日々のモヤモヤや怒りに対して、心の中で反発したり、何かしらのかたちで言葉にしていくことを、地道に続けていこう。自分の中に溜めないために。自分を守るために。自分を大切にするために。

パスポートと喫茶店

パスポートを更新した。

旧パスポートは十年用だったので、十年ぶりの更新になる。最後の数年はコロナ禍で出番がなく、なんだかしんみりした旧パスポートとのお別れになってしまった。海外に行くと、チェックインの時に私の写真を見た空港の係の人に、「いい写真だね！」と褒められる、思い出のパスポートだったのに。

ちょうどあと数ヶ月で旧パスポートが切れるタイミングで、以前書いたタイ出張の依頼が舞い込んできた。去年までは海外出張の依頼があっても、コロナの状況的に不安だったり、子どもの人が幼いことが気がかりだったりでお断りしていたのだが、今年はそろそろ海外出張を再開しても大丈夫そうかなと思ったのと、あと、どうしてもタイに行きたかった。

期限が半年以上残っているパスポートが必要とのことだったので、私の旧パスポートはアウトとなり、更新が必要だった。この頃の私は、翻訳書と自分の文庫、二冊分のゲラを抱えた状態で、かなり切羽詰まっていたので、このタイミングでパスポートの更新に行かなければならないのは正直つらく、でも、つらいと言っていてもタイには行けないので、もうここしか空いていない！という日に、必死で書類を揃え、証明写真の機械に滑り込むようにして写真を撮り、パスポートセンターへと向かった。

前回パスポートを取得したのが、有楽町の東京交通会館にあるパスポートセンターだったので、今回も同じ場所に行ったのだが、着いて呆然としたことに、パスポートの受付の列が、地下二階までぐるりと伸びていた（パスポートセンターがあるのは二階）。海外渡航の規制が緩くなってきたことと、春休み前だったことで、私と同様パスポートの取得や更新が必要になった人たちがどっと押し寄せているようだった。最後尾に並び、これはどれくらいかかるのだろうと怯えつつ、着いてから書けばいいやと未記入だった申請書に、階段の壁を机のようにして、列が進むのに合わせて動きながら、記入した。

もちろん数十分以上はかかったものの、想像していたよりは早く二階に到達し、パスポートセンターに足を踏み入れることができた私は、なぜこんなにもスラスラと列が動いていたのか理解した。パスポートセンターの人たちのさばき方が、神がかり的にスムーズだったのだ。いろいろな係の人がいたけれど、一人も感じの悪い態度の人がおらず、全員がこの混雑の中で最善の態度でことに当たっており、この場所はすごい、と感銘を受けたぐらいだった。

書類を預けてから、短い面談までの待ち時間を合わせると全部で数時間ほどかかり、夕方の五時過ぎにようやく受付が終わって、外に出た頃には、ぐったりと疲れていた。もうここまで来たらあそこに行くしかないと、私は近くの有楽町ビルにある喫茶店の、閉店時間三十分前に駆け込んだ。

この喫茶店はストーンという名前で、ストーンという名前だけあって、壁はがっしりとした石造り。反対に、天井にはもこもこした灰色の雲のようなカーペット素材が貼られていて、パスポート更新で疲弊した私は力なく、この天井の雲をぼんやりと見つめていた。英字が印刷された白いマグカップに入ったロイヤルミルクティーを飲みながら。よく考えてみると、有楽町に来る用事もしばらくなくて、ストーンにも長い間来ることができていなかった。こんな風に用事の後に、好きな喫茶店で過ごすことができたのは、他でもない、パスポート更新のおかげである。

ストーンはいつからあるんだろうと今調べてみたら、一九六六年のビル竣工時からあるそうだ。いつだったかは忘れたけれど、最初にこの喫茶店に来た時は、松本清張の小説に出てきそうな場所だなと思った。それ以来、有楽町に来る用事があるたびに、できるだけここに寄ることにしていた。マグカップや紙ナプキンなども、私が十代の頃におしゃれとみなされていた雑貨のテイストそのもので、懐かしくてたまらなくなる。ここに来ると、自分がまだこのテイストを愛していることが再確認できた。

ただ、パスポート更新の後にストーンに行こうと強く思ったのには、もう一つ理由があった。建て替えのために有楽町ビルの閉館が年内に予定されていて、ストーンもそれに合わせて閉店になるらしいとネットで読んだからだ。残念すぎるニュースである。帰る時にレジのところでお店の人に聞いてみると、やはりそれで間違いないそうで、閉店の日はまだ決まっていないけれど、夏までは必ずやっています、とのことだった。閉店までにもう一度来られたらいいなと思いながら家路についたのだが、その一週間後、私はまたストーンの店内にいた。何も不思議なことはなく、パスポートの受け取りでまた有楽町に来なければならなかったのだ。今度は、同じくストーン好きの友人とともに、フルーツサンドを食べ、交通会館の地下にある喫茶店ローヤルもはしごした。

その一ヶ月後、今度は子どもの人のパスポートをつくる必要があり、私はまたもやドタバタで交通会館のパスポートセンターを訪れ、もちろんストーンにも足をのばした。パスポートのおかげで、閉店前に、なんだかんだ何度もストーンに行くことができた春だった。

子どもの人のパスポート取得の過程で一番ネックだったのが、写真撮影だ。以前浅草の花やしきに遊びに行って、ゲームセンターにあったプリクラを撮ろうと大人たちがはしゃいだら、ブースがこわかったらしく泣き通しで、でき上がりはほぼ顔が隠れていたので、証明写真のブースに一人で入るのも難易度が高いだろうと予想。保育園終わりに私が駅前の小さな写真屋さんに連れていき、写真を撮ってもらった。これも嫌がるかもなと心配していたのだが、思いのほか落ち着いていて、ピースをする余裕さえあった。よかった。

オックスフォードの晩餐

六月にイギリスに行ってきた。オックスフォード大学で行われている翻訳エクスチェンジというプロジェクトに、『おばちゃんたちのいるところ』の英語版の翻訳者であるポリー・バートンさんが参加していて、その一環として、私を十日間招聘《しょうへい》してくれたのだ。

ポリーさんは子どもの人がまだ幼いことをわかっていたので、一緒に来たいですよねと私に聞いてくれ、子どもの人ともう一人、私が仕事中に面倒を見てくれる家族分の飛行機代も出るように、プロジェクトの人たちと準備してくださった。そういうわけで、私と四歳の人、そして前々からイギリス旅行が夢だと折に触れ公言していた私の母、七十五歳で行くことに。

でも、このメンバーでは移動中などの不安要素が多かったので、かつて三年ほどイギリスに住んでいたパートナーに、イギリスに行く気はあるか聞いてみたところ、「絶対行きたい」と即答したため、パートナー分の飛行機代はこちらで出すことにして、家族総出でオックスフォードに向かうことになったのだ。せっかくなので、十日間の後、ロンドンで四日間観光することにして、二週間の計画を立てた。

子どもの人にとってはじめての飛行機、しかもフライト時間は十四時間。こわがってずっと泣きわめいたりしないだろうか、長すぎて限界を超えたりしないだろうかと心配しつつ、どうしようもないので、もう賭けごとのような心境で搭乗したのだが、終始落ち着いて、タブレットでアニメを見たり、一緒に外を眺めたりして、穏やかに過ごしてくれたのでホッとした。

さて、ヒースロー空港からさらにバスに一時間半ほど揺られてオックスフォードにたどり着き、十日間のオックスフォード生活がはじまった。

オックスフォードに来て驚いたのは、「歴史！」と大声で叫ぶことでしかスケールの深さを説明しようがないような古びた建物群が、現在進行形で日常として使われていることと、その多くが大学であることだ。よくわかっていなかった私は、まずオックスフォード大学という名前の大学が一つあって、その他にも違う名前の大学がたくさんあって、オックスフォードという大学街を形成しているのだろうと思っていた。でも、オックスフォード大学という名前の大学は単体ではなく、それぞれ違う名前のついたオックスフォードにある様々な大学がすべてオックスフォード大学だそうだ。

最初に書いたように、私を呼んでくれたのは翻訳エクスチェンジというプロジェクトで、クィーンズ・カレッジが管轄だった。これも着いてから理解したのだが、元々はドイツ文学をこの大学で教えていたシャーロットさんが、イギリスの若い世代が文学、特に翻訳された文学に触れる機会がほとんどないことに危機感を覚えてはじめたプロジェクトだそうだ。彼女は現状、教えることから離れて、こっちに集中しているのだが、キャリアが変わる選択をした気負いをまったく感じさせない、穏やかな人だった。

ポリーさんと私は、十日の間に合計四つのイベントやワークショップをすることになっていた（他にも翻訳文学を学んだり楽しんだりする人たちのための教材撮影なども）。キャットさんという、ポルトガル語専攻で博士課程にいるまだ二十代の女性が担当してくれていたのだが、彼女はこの一年間ポリーさんとたくさんのワークショップとイベントを企画してきたアイデアウーマンで、本当に面白い人だった。

ポリーさんが滞在している部屋があることもあって、打ち合わせや準備などでクィーンズ・カレッジに行くことが多かったのだが、たとえば打ち合わせなどができる部屋といったら、どんな部屋を想像するだろうか。ここでは、ジェーン・オースティン原作の映画に出てくるような応接間がそれだったので（というか建物全体がジェーン・オースティンだった）、年代ものの絨毯の上に私のヴァンズのスニーカーやポリーさんのドクターマーチンの靴が乗っているのが不思議だった。

この部屋にいると、教授など、この大学で働いている人たちが時々行き交うのだけど、ある時、ショートカットの女性が、テーブルの上に出していた英語版の『おばちゃんたちのいるところ』と私に目をとめて、「あなた、この本の著者ですか？」と聞いた。「そうです」と答えると、彼女は「私はフィクションを読むのがあまり得意ではないんですが、この本はすごく好きでした。ディナーをご一緒できるかも」と言って、すっと奥の部屋に去っていった。

その時には、ディナー？ とはてなマークが頭に浮かんでいたのだけど、その数日後、参加することになっていた大学の伝統的なフォーマルディナーの場で部屋に入るのを待っていると、その女性がまたすっと現れて、「サインしてください」と英語版の本を取り出した。お礼を伝えながら、ここで何を教えているのか聞いてみると、「今は教えていなくて、大学の事務的なことやこういったディナーの仕切りなどもしています」とのことだったので、事務局の方なのかなと思っていたら、また「準備があるので失礼」と彼女はすっと離れていった。

しばらくして再び現れた彼女は、シャーロットさんに「青子を私の横に連れていきますね」と言い、わけがわからないままついていくと、奥の席の真ん中、明らかに〝上座〟と呼ばれる席で、えっ、と戸惑う暇もなく、彼女はラテン語でディナー開始の言葉を厳かに告げて、食事がはじまった。そのすぐ後に判明したのだが、この人はなんと学長だった。しかも、クィーンズ・カレッジの歴史においてはじめての女性の学長として就任した人。最初の自己紹介の時に教えてくれないのが、なんだかイギリスっぽいなと面白く思いながら、食事の間、学長に就任した時の気持ちなど、いろいろ質問攻めにしてしまい、何を食べたのかまったく味の記憶がない夜だった。

だらしなくいこう

イギリスには三回行ったことがあるのだが、六月のイギリス滞在で改めて思ったことがある。それは、女の人の服装、やっぱこれくらいだらしなくていいんじゃん⁉‼ということである。

私は海外に行く際は、数日ぐらい前からインスタグラムでその国や訪れることになっている地域を検索し、現在その地で日常を送っている人たちの服装をチェックして、なんとなく雰囲気をつかんでから、持っていく服を選ぶことにしている。今回オックスフォードを検索してみると、とにかく天気がいいことが伝わってくる薄着に陽光、人々の笑顔が際立っていたので、安心して厚手の服をトランクに入れなかった(ちなみに、数年前の八月、イギリスのノリッジで一ヶ月ほど滞在した際に、現地在住の知人のアドバイスは、十月だと思って来い、だった)。

でも、我々がオックスフォードに到着してみると、なぜかお天気の機嫌が斜めになっており、人々はジャケットを着込んでいた。翻訳エクスチェンジの人たちも、青子たちが来るまではめちゃくちゃ天気よかったんだけどね、と申し訳なさそう。

翌日、かろうじて持ってきていた薄めの長袖を重ねて、早速イベントに参加したものの、元々寒暖差に弱いこともあって、次の日には家族で私だけ風邪を引いていた。せっかくのお休みの日も、ドラッグストアで売られている風邪や喉の薬を飲みまくり、私一人家で寝ていた間に、残りのファミリーメンバーは有名な湿地で馬を見て、レディオヘッドのトム・ヨークの行きつけだというパブで一休みしていた。

さて、私の風邪もだいぶましになった数日後、晴天が戻ってきた。むしろ、暑い。長袖を着ていた女性たちが一斉に薄着になったのだが、そこで私は、みんな、めちゃくちゃだらしないな、と感じ入った。

特に最近の日本の暑さはとんでもないことになっているので、薄着方面に舵を切っている女性も多いけれど、日本に住んでいると、他人からどう見られるかとか、マナーの意識が働いて、猛暑でもできるだけ身体を隠すような格好の人も多い。私もどちらかといえばそっちのほうで、敏感肌なので強い日焼け止めを塗ることができず、日傘をさすのも面倒で、涼しげな素材の長袖などで夏をしのいでいたのだ。以前書いたように、毛の処理も面倒だったのでズボンばかりはいていた。

だが、イギリスの女性たちのだらしなさときたらどうだ。背中や胸や脚がどれだけ露出しようと、出せるところを出しまくっていて、暑いならば、脱げばいいの態度である（もちろん露出が少ない女性もいるが、相対的に、である）。

オックスフォードからロンドンに戻る電車の中で、ファストファッションのお店で買ったとおぼしきペラペラのロングワンピースのスリットから太ももを盛大にはみ出させ、胸に至っては、いつこぼれ出てもおかしくないような姿で、平和に眠りこけていた女性や、翻訳エクスチェンジ主催で行われた公園でのピクニックで、スカートをはいていようがなんだろうが地面にあぐらで座り込んでいる女性たち（私の観測では、欧米では、女性のあぐらは日本のように、行儀の悪い座り方とは思われない。十代の頃にアメリカで二年間過ごした私もあぐら癖がついている）を見るにつけ、これでいいのにな、とうらやましい気持ちになった。

彼女たちがそうできるのは、第一にまず、その姿をとがめる人やチラチラ盗み見る人が周囲にあまりいなかったり、人の目を気にする習慣が日本ほど強くなかったりするからのようだ。もし、チラチラ盗み見る人がいたら、それはその人のモラルが悪い、の一択。この前提があるかどうかはでかい。

というのも、親しくなったイギリス人女性が、日本のように、周囲に合わせたり、人の目を気にするように教育を受けたりしたことが一度もなくて、それがどんな感じかまったくわからない、と言っていたからだ。人の目を気にしないのならば、他者の服装や態度も気にならないのかもしれない。

前回イギリスに来た時にも好きな光景だったのが、中高年女性が、若い女性たちと同じように手脚を出して、ワンピースを着ている姿だ。〝美魔女〟的なことではなく、ほぼノーメイクで、心地よく着られるから着ているだけ。

また、人の目を気にしないことによって日本ではなかなか出現しない情景に遭遇できるのも、面白いところだ。ロンドンで、通行人をまったく気にすることなく、そして通行人もその人を気にすることなく、スケーターファッションの若い男性が、通りに設置されていた、中に配線や配電盤などが収められていそうな、わりと背の高い鉄の箱の上で悠々自適に本を読んでいるのを見たのだが、なんでわざわざそこで読むんやろ、と疑問を呈するのも野暮に思えるほど、その姿には清々しいものがあった。そういう銅像みたいだった。

そんなわけで、イギリスにいる間に、私は一つのことを心に決めていた。今年の夏は私もだらしなく過ごすぞと。ＺＡＲＡでノースリーブのワンピース二着とロング丈のカーゴスカートを手に入れ、そればかり着ていた。シャカシャカ素材のカーゴスカートは、ロンドンのテートブリテンで同じようなスカートをはいている女の子の格好がかわいかったので、日本に帰ってきてから似ているものを探したのだが、濡れてもすぐ乾いて便利だ。後ろにスリットが入っているので、風通しもいい。

私がこんなにスカートをはいている夏は、本当に久しぶりで、気持ちがよかった。これくらいでは別にだらしなくないかもしれないが、気持ちとしては、これからもだらしなくいきたい。

セボンスターとパンとバラ

この連載も今回で最終回になる。

最後に何を書きたいかなと考えたのだが、いつも通り、小さいことかもしれないけれど、うれしかったり楽しかったりすることを書こうと思う。

最近、子どもの人と私は、おそろいのセボンスターのネックレスをつけて出かけている。セボンスターは、スーパーのお菓子売り場などでよく売られている、子ども用のかわいいネックレスのことである。セボンスターは一九七九年に発売されていて、まさかの私と同じ年だったのだが、私はなぜか幼い頃にセボンスターをお店で見かけた記憶がない。でも、同じようなアクセサリーを少しは持っていたような気もするので、それがセボンスターだったのだろうか。もしその頃からちゃんと知っていたら、間違いなく集めまくっていたはずなのだが、大きくなってからその存在をしっかりと認識し、セボンスターの思い出が私の中にないことを、歯がみするほど残念に思ったものだ。

そんなわけで、子どもの人がネックレスをつけられるぐらい大きくなると、私は時々、お土産だといってセボンスターの箱を手渡してみるようになった。もちろん子どもの人は、かわいい！と喜ぶ。

ちなみに子どもの人は現状男の子だが、これは男の子のもの、女の子のもの、と分ける者が家の中にいないので、そういうことは微塵《みじん》も気にせず、自分の好きなものを愛していくスタイルで暮らしている。

保育園に入ったら、保育園でジェンダーにまつわる固定観念的なものを学んでしまって困る時がある、と周囲の人たちから聞いていたので、いつ来るかいつ来るかと身構えていたのだが、二年近く通っている現在、意外とそんなこともない。

数日前も、私が外出する時に化粧をしていたら、「一緒におしゃれしたい」と私の横でパフをぽんぽん顔にはたいていた。子ども用のネイルをしたり、近所の焼き肉屋さんに行くだけなのに頬にチークをしたがって、「お店の人に見せる」と言ったり、保育園用の運動靴を買いに行った靴屋で、まだ映画を見たこともない『アナと雪の女王』のキラキラしたパンプスを欲しがったりと（走りにくいからそれはやめようと私が言ったら、素直にあきらめた。ただ、同時になぜか「靴はピンク色じゃないとだめ」な時期だったので、スニーカーも夏用のサンダルもピンク色を選んだ）、そんな日々である。

セボンスターには、おそろい用にネックレスが二つ入っている商品があって、私の頭でもチェーンがぎりぎり入るので、それを我々は一つずつつけてお出かけしている。正直な話、四十代の私が単体でセボンスターをつけるのはさすがに厳しいところもあり、子どもの人のおかげで、今になって子ども時代を追体験させてもらっているような状態である。でも、今のところ、おそろいだねと喜んでくれ、ネックレスがそれぞれちょっと違って、くっつけると一つにはまるデザインの時は、外出先で何度もくっつけてみては、にこにこしている。

子どもの人はネックレスをしていると、その間ずっとペンダントトップの部分を手で押さえ、裏を向かないようにしようとする。裏には何の飾りもないので、その面が前に出るのが嫌らしい。真剣に押さえているので、押さえなくてもいいんだよ、ネックレスはそういうものだよと、大人たちが横から言っても、聞く耳を持たない。あくまでもかわいい面を死守したいようだ。

高いものではないのだが、私にはいつからか、お守りのように思っているネックレスがある。バラの花が刻まれている小さなシルバーのコインネックレスだ。カナダのバンクーバー発のブランド、ウルフサーカスのもので、おそらく最初に見かけたのはインスタグラムだったと思うのだが、遊び心があるのに、シンプルなデザインであるところがとても気に入った。検索してみたら、日本のセレクトショップで取り扱っているお店があったので、このバラのネックレスを注文したのだ。

バラのモチーフのものが欲しかった理由は、「パンとバラ」について知って以来、バラは私にとって特別な花だからだ（いろんな花が好きだけど）。パンは「生活の糧」を、バラは「尊厳」を意味し、人間にはその両方が必要なのだと訴えるストライキのスローガンからきている。私はイギリスの映画『パレードへようこそ』が大好きなのだけど、この映画の中で、「パンとバラ」のことを知った。

バラのネックレスが私の元にやってきて以来、大切な予定がある時や緊張しそうな仕事の時は、必ずしていくようにしていて、そのうち外出時には、忘れない限りは、たいてい身につけるようになった。時々ブランドの名前で検索してみて、日本に入荷しているものをチェックしているので、今では、黒い石の指輪と二連になっている指輪、そして太陽のモチーフのネックレスを持っている。ブランドのインスタグラムやネットショップを見ていると、個性的で、尖った雰囲気のアクセサリーがたくさんあり、欲しいものだらけなのだけど、際限がなくなりそうなので、今は日本に入ってきているものだけに手を出すようにしている。さすがにセボンスターのようには、手軽に手に入れられないからだ。

＊

思えば、この連載中は、コロナ禍だったこともあり、自由に動き回れないなかで、小さなことへの喜びと楽しみをいつもよりもさらに必要としていたように思う。小さいことや身の回りのことにこだわるのは、軽く見られたりもするけれど、よくよく考えてみれば、自分自身のあり方が最もはっきり現れるところかもしれない。だから、こだわって、大切にしていきたいし、これからも、自分の日々に訪れる、新たな発見を見つめていきたい。

本書は月刊誌『ＰＨＰスペシャル』
二〇二〇年八月号～二〇二三年十二月号の
連載を加筆修正のうえ書籍化したものです

〈著者略歴〉
松田青子（まつだ　あおこ）
1979年、兵庫県生まれ。同志社大学文学部英文学科卒業。2013年、デビュー作『スタッキング可能』が三島由紀夫賞および野間文芸新人賞の候補に、翌年のTwitter文学賞第1位になる。2019年に短篇「女が死ぬ」がシャーリイ・ジャクスン賞候補に、2021年に『おばちゃんたちのいるところ』がレイ・ブラッドベリ賞候補となり、ファイアークラッカー賞および世界幻想文学大賞を受賞し、2023年には日伊ことばの架け橋賞を受賞する。他の著作に『持続可能な魂の利用』『男の子になりたかった女の子になりたかった女の子』、エッセイ集『自分で名付ける』、翻訳にカレン・ラッセル『オレンジ色の世界』などがある。

編集：丹所千佳

お砂糖ひとさじで

2024年7月8日　第1版第1刷発行

著　者　松田青子
発行者　永田貴之
発行所　株式会社PHP研究所
東京本部　〒135-8137　江東区豊洲5-6-52
文化事業部　☎03-3520-9620（編集）
普及部　☎03-3520-9630（販売）
京都本部　〒601-8411　京都市南区西九条北ノ内町11
PHP INTERFACE　https://www.php.co.jp/
組　版　株式会社PHPエディターズ・グループ
印刷所
製本所　図書印刷株式会社

© Aoko Matsuda 2024 Printed in Japan
ISBN978-4-569-85712-1
※本書の無断複製（コピー・スキャン・デジタル化等）は著作権法で認められた場合を除き、禁じられています。また、本書を代行業者等に依頼してスキャンやデジタル化することは、いかなる場合でも認められておりません。
※落丁・乱丁本の場合は弊社制作管理部（☎03-3520-9626）へご連絡下さい。送料弊社負担にてお取り替えいたします。